현직 교도관이 써내려간 삶의 일기

좌충우돌
교도소 이야기

좌충우돌 교도소 이야기

초판 1쇄 발행 2019년 12월 1일

지 은 이   정상규
발 행 인   권선복
편   집   유수정
디 자 인   유수정
전 자 책   서보미
발 행 처   도서출판 행복에너지
출판등록   제315-2011-000035호
주   소   (07679) 서울특별시 강서구 화곡로 232
전   화   0505-613-6133
팩   스   0303-0799-1560
홈페이지   www.happybook.or.kr
이 메 일   ksbdata@daum.net

값 15,000원
ISBN 979-11-5602-758-4 (03810)

도서출판 행복에너지는 독자 여러분의 아이디어와 원고 투고를 기다립니다. 책으로 만들기를 원하는 콘텐츠가 있으신 분은 이메일이나 홈페이지를 통해 간단한 기획서와 기획의도, 연락처 등을 보내주십시오. 행복에너지의 문은 언제나 활짝 열려 있습니다.

현직 교도관이 써내려간 삶의 일기

좌충우돌
교도소 이야기

정상규 **지음**

우리네 인생 이야기를 담았다

**교도소 담장 너머 수용자들과 함께
울고 웃으며 동고동락하는 25시간!**

도서
출판 행복에너지

교도소 사회는 천태만상의 범죄인들을 수용하는 차갑고 냉기 도는 곳이다. 이곳의 재소자들이 예전과는 다르게 심성이 차츰 교활해지며 지능적이고, 잔인해져 가고 있는 것 같아 무척이나 가슴 아프다. 사회가 이처럼 각박해지고 있다는 것을 새삼 체감하고 있다.

사동이 공장에서 몇 백 명에 이르는 재소자들을 최대한으로 보살피고 감시한다고 해도 눈 깜짝할 사이에 엄청난 폭행 사건이 발생하기도 한다. 특별한 이유도 없이 흉기를 들고 난동을 부리는 재소자들을 대할 때마다 실로 난감하기 그지없다. 관계 직원들이 몇 날 며칠 행정 처리된 내용공개 준비를 하면, '정보공개청구'라는 제도를 악용하여 취소를 하는 바람에 한바탕 행정상의 마비가 일기도 한다.

이와 같은 교활한 재소자들이 있는 반면, 한 번의 우발적인 실수로 인하여 교도소에 입소한 자들도 있다. 그런 자들은 출소 후 새 삶의 터전을 마련하고자 각 기술교육장에서 혼신의 힘을 쏟아

기술을 연마하고 노력한다. 또한 가난과 무지의 늪에 빠져 배움에 대한 한을 품고 검정고시 교육반에서 뒤늦게 향학의 의지를 불태우는 재소자도 있다. 아름답고 눈물겨운 일이다.

이처럼 다양한 사람들이 공존하는 교도소는 분명 한마디로 얘기할 수 없는 복합된 사회이다. 마치 동전의 양면처럼 선과 악이 공존하고 있다. 아침 7시에 출근해 야근근무라도 하게 되면, 주간과 마찬가지로 계속 움직이며 근무를 하느라 모자라는 잠을 참고 눈을 비비며 순찰해야 하기도 한다.

그리고 다음 날 교대를 하면 8시 30분은 되어야 퇴근한다. 설령 8시 30분이 되었다고 해도 사고라도 있으면 근무보고서를 제출하고 가야 한다. 상황에 따라 10시, 혹은 12시가 다 되어 퇴근하기도 한다. 근무 시간으로 따지면 25시간이 넘는 것이다. 한마디로 '교도소 25시'이다. 야근을 하고 나면 소변이 빨갛게 나오고 수면 시간이 바뀐 탓인지 낮에 잠을 자도 피로가 제대로 풀리지 않아 머리가 띵 하면서 몸의 컨디션이 좋지 않음을 새삼 느낀다.

교도소에 근무하면서 하루를 넘는 시간 동안 재소자를 상대하다 보니, 웃음보다는 긴장하고 걱정하는 시간이 더 많다. 그건 재소자들도 마찬가지다. 그래서 어떨 때는 종종 그런 생각이 들기도 한다. 만일 내가 다시 태어난다면 남을 웃기는 코미디언이 되고 싶다는 엉뚱한 생각 말이다. 웃음을 선사하는 사람만큼 행복한 사람은 없으리라. 사람이 하루를 살면서 웃을 수 있는 시간이 과연 얼마나 될까?

『좌충우돌 교도소 이야기』는 그동안 내가 교도관 생활을 하면서 보고 겪고 느낀 모든 것들, 또한 틈틈이 적어 놓은 나의 시와 수필들도 담긴 책이다. 이 책이 교도소에 있는, 혹은 사랑하는 사람을 교도소에 떠나보낸 이들에게 도움닫기가 되기를 바란다. 그리움이나 걱정의 아픔이 희망의 행복으로 거듭나기를 바라는 마음이다. 글을 마무리하며 우리네 사는 이 세상이 한층 더 밝고 행복해지기를 간절히 소망해 본다.

둘, 엄마가 보고 싶어요

셋, 너에게 띄우는 편지

1장

나의 인생 이야기

하나, 그때 그 사람

악어의 눈물 · 삼회 아기 스님과 탄성 스님 · 박정희 대통령 생가를 다녀와서

악어의 눈물

사람은 때때로 눈물을 흘린다. 슬플 때나 괴로울 때나 또는 너무 기쁜 나머지 감정이 복받쳐 오르면 눈물을 흘린다. 의학적으로도 눈물은 흘려야 할 때 흘려주어야만 건강하다고 한다. 감정을 억제하고 감정 표현을 하지 않으면 병이 된다고도 한다. 눈물은 감정의 표현이다.

지구상에 존재하는 생명체들 가운데 눈물을 가장 많이 흘리는 동물은 누구일까? 얼마 전 TV 프로그램 〈동물의 세계〉에서 방영된 내용을 보면, 1위는 단연 악어라고 한다. 악어는 먹잇감이라면 크기를 가리지 않고 닥치는 대로 잡아먹는 습성을 가졌다. 작은 크릴새우 등도 좋아한다고 한다.

악어의 눈물에는 새우를 유혹할 수 있는 멜라닌 향료가 들어 있다. 이 점을 이용하여 악어는 새우를 유인하기 위해 눈물을 흘리기도 한다. 눈물을 흘리면 향료 냄새를 맡고 새우들이 악어에게로 몰려든다. 바로 이때 새우를 한입에 집어삼키는 것이다. 참으로 영악하지 않은가. 그러니 악어의 눈물은 바로 위선의 눈물, 거짓으로 가득 찬 눈물이라고 할 수 있겠다. 그렇다면 사람은 과연 어떠한가!

악어는 자기의 생존을 위해서 어쩔 수 없이 그런 행동을 한다. 하지만 사람들은 어떠한가. 악어보다 더한 위선의 눈물을 흘리지 않는가. 요즈음 각종 언론 매체를 통해 위선의 눈물을 흘리는 자들을 적지 않게 볼 수 있다. 국민 모두가 뻔히 아는 진실을 감추려 든다. 지체 높으며 부자인 자가 가난한 이들의 터전을 빼앗기 위해 짐짓 억울하고 슬픈 척 오두방정을 떨며 원맨쇼를 하고 있다. 그런 모습을 보며 가증스럽기까지 하다. 사회지도층은 기본적으로 사람들의 모범이 되어야 한다. 그런 이들이 어찌하여 법을 그리도 쉽게 어기고 국민들을 우롱한단 말인가.

거짓된 눈물로 양심을 속이는 경우가 다반사다. 앞에선 눈물을 흘리고 뒤돌아서면 바로 비열한 웃음을 흘리는 모습은 권력과 명예욕에 눈먼 인간의 타락한 모습이라고 할 수 있겠다.

지난 세기, 우리의 역사는 가난과 설움 속에 살아왔다. 하지만 양심을 속여 가면서까지 위선의 눈물을 흘린 적은 없다. 이웃이 어려울 때 함께하고자 했던 따뜻한 눈물과 기쁨에 벅찬 눈물이 우리 곁에 늘 함께했었다. 진실을 가장한 허위의 눈물은 진정한 우리의 모습이 아니었다. 한 세기를 정리하는 이때에 아직도 함께해야 할 따뜻한 눈물이 필요한 곳이 많다. 눈물은 진정으로 자기의 감정이 복받쳐 오를 때 흘려야 한다. 아무 때나 아무 곳에서 오두방정을 떨면서 위선의 눈물을 흘려서는 더욱 안 된다.

삼회 아기 스님과 탄성 스님

청주에서 괴산 하고도 청천면의 사담리로 산길 따라 120리 길을 가면, 소나무 향기가 그윽하고 솔잎 향내음 짙은 낙영산 공림사가 나온다.

저 멀리 속리산 계곡으로부터 발원하는 용화계곡에는 맑은 시냇물이 흐르고, 공림사 앞 사담리는 용대천에서 씻겨 온 금빛 모래가 저수지에서 모래톱을 형성하고 있다. 참으로 그림 같은 마을이다. 전국 각지에서 화가들이 그림을 그리고 여름에는 피서객들이 몰려오는 곳이다. 마을 사람들은 논과 밭에서 농사를 짓는다. 사람들은 인근의 낙영산과 덕가산, 검단산, 백악산, 조령산에서 산나물이며 송이버섯을 채취하며 살아가고 있다. 그 사담마을 뒤 낙영산 기슭에 천년고찰 공림사가 자리하고 있다. 공림사 처마 밑에 매달린 풍경소리가 청아하고 아름답게 울려 퍼진다.

선방에서 좌선하는 큰스님이신 탄성 스님의 방에서 동자 스님인 삼회 스님이 나온다. 삼회 스님은 마루에 앉아 삼선당과 감원 선원 사이 앞마당을 이리저리 둘러본다. 공부하시는 대중 스님들은 모두 선원의 선방에 들어가시고, 공양주 보살님은 아침나절에 갓 캐 온 고사리며, 더덕, 도라지 등 산나물을 재빠르고 익숙한 동작으로 부지런히 다듬고 있다. 할머니가 어린 삼회 스님에게 상냥한 미소를 지으며 물었다.

"우리 삼회 스님, 오늘 공부 많이 하셨어요?"

"응, 할머니. 할아버지가 이제 나가서 놀아도 된대. 할아버지가 앉아서 자려고 그러나 봐."

"자요? 삼회 스님. 탄성 스님이 눈을 감고 앉아 계신 것은 마음으로 부처님 공부하시는 거예요. '좌선'이라고 한다고요. 못 들어 보셨지요? 지금은 모르지만 이제 더 자라시면 알게 될 거예요."

동자 스님의 말에 마음씨 좋은 공양주 보살님은 조용히 웃으면서 일러 준다.

"할머니, 난 그런 거 몰라. 할머니, 참새 못 봤어요?"

"참새요? 이제 참새하고 친구 했어요?"

"응, 법당에 참새가 들어와 쌀을 먹고 있었어. 부처님이 참새에게 밥 먹으라고 부르셨나 봐."

공양주 보살님은 아기 스님 삼회의 말에 움찔하고 놀란다.

'이제 다섯 살인데, 참새 한 마리가 법당에 들어와 공양미 쪼아 먹는 걸 보고 부처님이 새를 불러 밥 먹이는 것으로 생각하다니……. 삼회 아기 스님은 생각이 참 깊은 아이야.'

보살님은 삼회 어머니가 배 속에 삼회를 가졌을 적에 어떤 이유로 절에 들어와 살았는지, 그 사정을 속속들이 잘 알고 있다. 벌써 여러 해 전의 일이다. 삼회 어머니를 처음 본 때는 어느 초여름 날이었다.

"스님, 저는 시부모와 남편 모두 교통사고로 돌아가셨어요. 의지할 데가 없어요."

삼회 동자 스님의 어머니는 고아원에서 자란 사람이었다. 스님의 어머니는 고등학교를 졸업하고, 사담리라는 마을 절 입구에서 사찰과 관련된 선물용품을 운영했었다. 마음이 고와 청주에 사는 청년법회에 나오던 은행원을 소개해 주었던 공양주 보살님은, 처녀가 불행해질 것이라고는 꿈에도 생각해 보지 않았을 것이다.

이곳 공림사 주지이자 큰스님이신 탄성 스님의 주례로 공림사 대웅전에서 꽃을 들고 결혼식 올리던 삼회 어머니의 모습은 마치 수수한 연꽃처럼 아름다웠다. 탄성 스님의 주례사처럼 '외롭게 자랐으니 서로 보듬고, 아끼고, 도닥이고, 공경하고, 사랑하며 잘 살' 줄만 알았다.

"전생의 업장이 두터워서 그러하니, 이곳 공림사에 기거하며 기도 정진하세요."

탄성 스님은 삼선당 옆 요사채의 방 한 칸을 삼회 어머니에게 내주셨다.

그로부터 몇 달이 지난 후, 삼회 어머니는 삼회를 낳았다. 하필이면 그날따라 공림사의 스님들과 처사님들 모두 교구본사인 속리산 법주사의 대법회에 참가해서 탄성 큰스님은 몹시도 당황했다. 여기저기 아는 곳에 전화를 하였다. 그날따라 사부대중 모두

법회에 나가 누구에게도 연락이 닿지 않았다.

"하! 허허! 이 일을 어찌 한단 말인고?"

탄성 스님이 119에 전화를 하고 있을 때, 이미 요사채에서 아기 우는 소리가 들렸다. 탄성 큰스님은 부처님 오신 날을 위한 연등을 만들 창호지와 신도들이 시주한 가사를 찢어 아기를 겨우 받았다.

"스님! 죄송합니다."

"아니라오. 우리 절의 경사이지요. 아무 걱정 말고 몸조리나 잘 하세요."

탄성 스님이 생각해도 참 희한한 인연이었다.

오늘따라 공양주 보살이나 탄성 스님의 시중들 시자 스님도 한 분 없는 절에서, 탄성 스님이 직접 아기를 받게 될 줄은 꿈에도 상상해 보지 않은 일이었다.

'인연 따라 왔으니 인연 따라 또 만나는 것이겠지요.'

탄성 스님은 그렇게 생각하셨다.

그런데 몸이 무척이나 약했던 삼회 어머니는 아기가 태어난 지 2주일 만에 그만 세상을 등지고 말았다. 탄성 스님은 죽비로 어깨를 치고 "전생의 업장이로다. 전생의 업장이로다!" 하시면서 탄식을 하셨다. 그래서 탄성 스님이 삼회 아기 스님을 공림사에서 기르게 되었다. 아기의 이름을 '삼회'라 부르고 자연스레 공림사 신도들은 '삼회 스님'이라고 부르게 되었다.

탄성 스님의 시중을 드는 청법 스님이 빨래하거나 기저귀 가는 일을 도우려 해도 탄성 스님은 "내 업장을 다스리는 일이니 그냥

놔 두어라."라고 하실 뿐이었다. 큰스님은 손수 아이를 기르시기를 원하셨던 것이다.

한 번은 절의 대중 스님들을 불러 놓으시고 이렇게 말씀하셨다.

"삼회에게 누구든 부처님 계율을 가르치려 하지 말라! 아이가 커 가는 그 자체가 순수요, 청정이니, 아무도 그 천진함을 깨게 하지 말라! 전생의 업력에 의해 인연으로 태어났으니 내가 그 인연을 소중하게 이끌 것이다!"

그래서 삼회는 모두의 관심 속에서 눈빛 고운 아이로 자라났다. 동자승 삼회는 탄성 스님에게도 스님이라고 하지 않고 그냥 '할아버지'라고 불렀다.

공림사 절의 까다로운 스님들의 계율도 삼회한테는 통하지 않았다. 잠자고 싶으면 아무 데서나 자고, 먹고 싶으면 법당에 차려 놓은 제사 음식도 가져다 먹었다. 부처님 공양 음식에 손을 대기도 했다. 절의 살림을 책임진 묵통 스님이 그 모습을 보고 꾸짖었다.

"삼회 스님, 부처님께 드리는 공양입니다."

"부처님? 부처님은 안 먹어! 지금까지 내가 가만히 봤는데 한 번도 안 먹었어. 먹지도 않을 음식을 차려 놓고, 왜 절을 해?"

"뭐라고요?"

묵통 스님의 눈빛이 몹시도 차갑다. 바로 그때 탄성 스님이 법당에 들어오시지 않았더라면, 아마 동자승 삼회는 묵통 스님에게 혼이 났을지 모를 일이다.

"묵통, 삼회 스님 말이 맞아요. 앞으로 삼회 스님께 물어보고 공양을 올리세요."

탄성 스님의 눈빛이 날카로운 톱니 같았다. 눈썹은 자꾸만 하늘로 올라간다.

"예. 알겠습니다. 탄성 스님. 명심하겠습니다."

묵통 스님은 움찔 놀라 대답을 하였다.

탄성 스님은 부처님 앞에 앉아 있는 삼회에게 다가갔다.

"삼회 스님, 부처님 앞에 공양 음식을 차려 놓고, 절하고, 경을 외는 건 옛날부터 절에서 해 온 일입니다."

"그랬어, 할아버지?"

"삼회 스님, 앞으로 공양하지 말까요?"

"아니, 할아버지. 부처님은 먹지 않고 나누어 줘. 어제도 새들을 불러 저 쌀을 먹게 했어."

아기 스님은 공양미 담은 금빛 주발을 가리키며 말했다.

"큰스님, 법당 청소를 하려고 문 열어 놓았더니 새들이 들어왔나 봅니다. 앞으로 조심하겠습니다."

묵통 스님이 놀라 탄성 스님에게 말했다.

"낙영산 숲 속 칠성각 쪽으로 난 곁문은 항상 열어 놓도록 하시게. 삼회 스님은 알고 있는데, 왜 아직 묵통은 부처님이 새들을 불러 음식 나눠 먹게 하는 걸 알지 못하고 있었나?"

"예, 스님."

묵통 스님이 허리를 굽혔다.

탄성 스님이 빙그레 웃었다. 묵통 스님도 빙그레 웃으며, 삼회와 탄성 큰스님께 합장을 하였다.

"할아버지, 나 오늘 절 열 번 했거든. 할아버지는 방에 앉아 잠만 잤으니까, 열 번 절해."

"예. 열 번 하겠습니다. 삼회 스님은 어데 가세요?"

"참새랑 놀 거야. 어제 법당 마루에 앉아 있던 새가 다리 아픈가봐. 엄마 새가 먹이도 갖다 줬어."

따뜻한 햇살이 공림사 마당을 환히 밝혀 주는 한낮이다. 마침 참새 한 마리가 무얼 쪼아 먹는지 마당을 콕콕 쪼고 있었다.

"참새야, 나랑 놀자."

삼회 동자 스님이 살며시 다가가자, 참새는 종종걸음을 치더니 이내 푸드득 날갯짓을 하면서 저만큼 날아간다.

참새는 저만치 날아가더니 다시 앉았다. 삼회 스님은 참새에게로 살금살금 다가간다. 잠시 한눈을 판 사이 참새는 어디로 날아갔는지 보이지 않고 조그만 깃털 하나만이 덩그러니 남겨져 있다.

"어디 갔지?"

삼회 스님은 사방을 둘러본다.

"퇴설당 마루에 가 보세요, 삼회 스님."

공양주 보살님이 삼회 스님을 보고 말했다. 삼회 스님은 바로 퇴설당 마루로 나가보았다. 그곳에는 참새들이 모여 있었다. 사라진 줄로만 알았던 참새들이 여기에 다 모여 있다니. 너무나도 신기했다. 평화롭기 그지없는 공림사의 한 풍경이었다.

한번은 탄성 스님이 깨진 목탁을 명보전 문고리에 걸어 둔 날이었다. 새들이 목탁 구멍으로 드나들기도 하고, 그 앞에서 부리로 깃을 고르기도 했다. 그 모습이 참 보기 좋은지, 삼회 스님은 가만히 바라보고 있었다.

"삼회 스님, 뭘 그리 보고 계세요?"

"저기 좀 봐. 새들이 이사 왔나 봐요."

"허, 깨진 목탁이 탐났나 보구나. 하찮은 물건이라도 쓰일 데가 있다더니 깨진 목탁이 참새들에게는 좋은 집이 되고 말았구나."

탄성 큰스님은 명보전 마루에 있는 기둥에 못을 박아 그 목탁을 걸어 놓으셨다. 그때부터 참새는 '목탁새'로 불리게 되었다.

찍찍찍, 짹짹, 더 많은 목탁새가 몰려왔다. 대중 스님들도, 신도님들도 목탁새를 보고 신기해하였다.

이제 삼회 스님의 일과에서 목탁새를 살피는 일이 더 중요해졌다. 아침에 늦잠을 자던 버릇도 자연스레 없어졌다. 목탁새가 몇 마리 날아왔는지, 또 누가 아기 새인지 살피곤 한다. 그러다 싫증이 나면 탄성 스님께 투정을 부리곤 했다.

"할아버지, 배고파요. 떡 먹고 싶어요."

"떡이 먹고 싶어요? 조금 기다리세요."

탄성 스님이 청천면 시장에 있는 떡집으로 달려갔다.

"탄성 스님, 떡 드시고 싶으시면 언제든지 전화 주세요. 제가 갖다 드릴게요."

떡집 주인이 말했다.

"탄성 스님, 떡 무지 좋아하시나 봅니다."

"우리 아기 스님이신 삼회 스님이 드실 거랍니다."

탄성 스님이 떡을 사 가지고 돌아오셨다.

삼회 스님은 코를 골며 잘 때도 한두 번이 아니었다. 그리고 시도 때도 없이 졸리다며 탄성 스님의 무릎을 베고 눕기도 했다. 어떤 날은 자기도 부처가 되겠다며 탄성 스님의 책상에 올라 가부좌를 틀고 부처님처럼 앉아 있기도 했다. 탄성 큰스님은 이따금 삼회의 이러한 행동을 보고 놀라, 삼회와 자기의 인연이 어떻게 지금에 이르렀는지 생각해 보곤 하셨다.

언젠가는 탄성 스님이 공림사의 기념되는 일을 맞아, 법당에서 많은 스님들과 신도님들 앞에서 법문을 하고 있었다. 어느샌가 들어온 삼회 아기 스님이 법문하는 스님의 가사자락을 끌어당기며 말했다.

"할아버지, 부처님은 배 안 고프데요?"

공양시간이 지나 법문이 끝나기를 기다리던 신도님과 대중 스님들은 키득키득 소리 내어 웃었다.

"삼회 스님, 거의 다 마쳤습니다."

탄성 스님이 아기 스님에게 깍듯이 예의를 갖춰 말했다.

"부처님, 배고프면 이거 먹어요."

삼회 스님은 꼬질꼬질한 조그마한 손으로 부엌에서 가져온 누룽지를 부처님 앞에 놓고 곁문으로 나간다.

'공양시간을 지켜라!'

탄성 스님은 우렁찬 부처님의 목소리가 들리는 듯했다.

탄성 스님이 삼회의 모습을 지켜보다가 대중들에게 말했다.

"아기 부처님 말씀이 맞습니다. 우리는 인연 따라 이 세상에 왔습니다. 인연 따라 모였다가 인연 따라 다시 흩어집니다. 백 마디 법문이 뭐 필요합니까? 나는 가끔 저 아기 스님의 모습에서 부처님의 참모습을 발견하곤 한답니다."

언젠가 어느 거사님의 49재를 지내던 날이다. 법당을 다녀온 삼회 동자스님이 돈 2만 원을 탄성 스님에게 내놓았다.

"할아버지, 머리가 추워서 빨개. 이 돈이면 모자 살 수 있대요. 이만 원이래. 하나는 보살님이 주고 하나는 부처님 앞에 있는 거 가져왔어요."

"예, 이제 삼회 스님도 다 자라셨네요. 이 할애비를 생각하는 마음을 가지셨으니."

옆에 있던 해월 스님이 이 모습을 보고 탄성 스님께 말했다.

"스님, 어찌 잘못을 자꾸만 받아만 주십니까?"

"해월아, 저 모습은 어릴 적 우리들의 모습이다. 삼회는 나를 위해 자기의 행위가 어떤 일인 줄도 모르고 돈을 가지고 온 것이다."

공림사 북쪽 돌담가 아래 줄지어 피어 있는 들국화 향기가 절 안을 가득 메우던 날이다. 탄성 스님은 시무룩한 표정으로 대웅전 앞 돌계단에 앉아 있는 삼회 스님을 발견하고 슬며시 다가가서 물었다.

"삼회 스님, 무슨 일이 있어요?"

"할아버지, 저 고양이가 목탁새 엄마를 물어갔어요. 아기 새 두

24

마리가 배고파서 하루 종일 찍찍찍 하면서 울어요."

탄성 스님은 목탁새를 가까이 두고도 깜빡 잊고 있었다는 것을 그제서 알았다.

"제가 잘못했습니다."

탄성 스님은 고양이가 점프하여 목탁새를 잡아 갈 줄은 꿈에도 생각하지 못했던 일이다. 청법 스님이 기둥에 둥근 갓을 거꾸로 씌워 고양이가 오르지 못하게 했지만, 아무 소용없었던 것이었다.

그래서 청법 스님은 다시 한 번 고양이가 못 오를 정도로 높은 곳에 목탁을 걸어 두었다.

공양주 보살님은 삼회 아기 스님을 데리고 풀숲으로 갔다. 당장 새끼 새들의 먹이를 구하는 일이 급했기 때문이다.

"삼회 스님, 새들은 풀벌레를 먹어요."

삼회 스님은 풀잠자리랑 풀무치, 콩메뚜기랑 아기풍뎅이, 여치 등 곤충들을 잡아 작은 유리병에 넣었다.

"우리 탄성 스님이 늘그막에 삼회 스님 시집살이를 심하게 하시는구나."

공양주 보살님이 삼회 스님에게 꿀밤 한 대를 준다. 공양주 보살님은 부엌에 있는 파리도 모으고, 밤에 모여든 날벌레도 잡아 참새 먹이를 마련했다.

아기 스님 삼회가 하루는 새벽에 일어나, 탄성 스님을 흔들어 깨웠다. 탄성 스님은 삼회 스님에게 물었다.

"삼회 스님, 어디 아파요?"

"스님, 아기 새 때문에 매일 많은 벌레가 죽어요."

"예?"

"아기 새를 살리려고 실잠자리랑 나방도 잡았어요. 그 벌레들도 엄마, 아빠가 있죠? 아기 벌레들을 얼마나 보고 싶어 할까요?"

그 말을 듣고 있던 탄성 스님이 무릎을 꿇고 합장한 채 '나무 석가모니불'을 외쳤습니다.

'그 옛날 석가모니 부처님은 권농일에 나갔다가 밭고랑에 나와 있는 벌레를 새가 물어 가고, 그 새는 다시 더 큰 새에게 잡혀 먹는 것을 보고 출가의 뜻을 세웠거늘, 이제 삼회도 자기 본성을 찾아가고 있구나.'라고 생각하며 무척이나 기뻐하였다.

아기 참새들은 삼회 스님과 공양주 보살님의 보살핌에 어느새 노란 털빛을 닮은 어른 참새가 되어 가고 있었다.

하루는 청주시내의 어느 유치원 어린이들이 선생님들과 함께 공림사 견학을 왔다. 삼회 스님은 알록달록한 옷을 입고 손에 손을 잡은 도시 아이들의 모습이 무척 부러웠다. 그중 연분홍색 원피스를 입고 머리를 양 갈래로 쪽지게 묶은 한 여자 아이가 유난히 눈에 띄었다. 그 아이의 가방이 땅에 떨어지자, 옆에 있던 남자 아이가 그 가방을 덥석 주웠다. 그리고는 그 여자 아이의 어깨에 메어 주는 것을 보았다. 마치 하늘나라 천상에서 온 아이들 같아 보였다.

삼회는 새로운 구경거리에 정신이 팔려 도시에서 온 아이들 뒤를 졸졸 따라다녔다. 모든 것이 신기한 구경거리였다. 멀찌감치

서서 아이들을 물끄러미 바라보기도 하고, 가까이 다가가서 유치원 가방을 슬며시 만져 보기도 하였다. 그런 삼회를 도시 아이들은 놀라운 눈으로 바라보았다. 갑자기 "와아! 아기 중이다."라며 한 남자 아이가 소리쳤다. 삼회는 갑자기 아이들이 두려워졌다. 왜 자기는 저런 친구들과 어울려 놀지 못하고, 혼자 절에서 사는지 궁금해졌다.

삼회는 무럭무럭 자라 어느덧 자신의 정체성을 고민하는 나이가 되었다. '나는 누구인가?'라는 질문이 자주 들곤 했다. 일전의 '도시 아이들'과 '목탁새의 엄마'를 생각하면서 삼회 스님은 자신의 어머니가 누구인지 궁금해졌다. 탄성 스님이나 공양주 할머니가 어째서 어머니 이야기를 한 번도 들려주지 않는 것인지 알 수 없었다. 삼회 스님이 탄성 큰스님을 보고 '스님'이라고 부르기 시작한 지 얼마 되지 않았을 때였다.

"스님, 우리 엄마 어디 있어요?"

삼회 스님이 울먹이며 탄성 스님께 물었다. 아기 스님의 말에 탄성 스님은 삼회와의 인연이 다한 것임을 짐작했다. 한참을 묵상하신 탄성 큰스님이 대답했다.

"삼회 스님, 몸과 마음과 생각이 하나가 될 수는 없습니다. 부처님을 향해 기도하고 염불을 외우다 보면 마음이 환해질 것입니다."

"알았어요. 이제 삼회도 유치원에 가서 한글도 배우고 영어도 배우고 어려운 한문도 배우고 염불하는 것도 배울 거예요."

계절이 바뀌어 낙영산 계곡의 단풍나무와 감나무, 느티나무, 낙영산 숲속의 나무들이 붉게 물들어 가고 있었다. 어미새가 다 된 참새들은 목탁을 지키면서 목탁소리처럼 울고 있다.

'찌—찌— 짹짹, 찌—찌 짹 짹 짹.'

삼회가 참새를 바라보며 이야기했다.

"목탁새야! 너희들 내 목탁소리 흉내 내는 거지? 나도 스님들 따라 '반야심경'을 배웠단다. 이제 혼자서도 잘할 수 있단다!"

삼회가 새들과 이야기하고 있을 무렵, 탄성 스님 방에 모인 시자 스님들은 탄성 스님의 마지막 임종계를 듣기 위해 모두들 숨소리를 죽이고 있었다.

탄성 스님은 나지막이 말을 전했다.

"내가 이 세상에 온 일도 없고, 내가 이 세상에 머문 일도 없으니, 내가 세상에 남길 말도 없다. 오늘 아침, 깨어진 목탁 구멍으로 세상을 바라보니, 삼회가 목탁새를 쫓아 구름으로 오르더라."

탄성 큰스님은 상좌인 해월 스님에게 어린 삼회가 놀랄지 모르니 자기의 임종을 비밀로 하라고 일렀다. 탄성 큰스님은 일찍이 장기기증본부에 장기 기증을 약속했으니, 장례 준비는 하지도 말라고 당부하였다.

"내 몸이 다비장에서 모두 타 없어져 한 줌의 재가 되어 남고, 그 재 속에서 사리를 찾겠다고 나무젓가락을 들고 앉아 있을 모습을 생각하니, 이 얼마나 허망하고 부질없는 노릇이냐! 내 일찍이 사랑의 장기기증본부에 내 육신을 기증했으니, 그렇게 행하도록 하여라."

"탄성 스님! 스님을 따르는 사부대중이 얼마나 많은데, 장례의
식도 없이 허망하게 몸을 버리시려 합니까?"

제자 스님들이 흐느끼며 울었다.

"어린 삼회가 나를 가르쳤도다. '사람들에게 나는 무엇을 주었
느냐?'고 삼회가 물은 적이 있었다. 가만히 생각해 보니 부처님
가르침만 외우고 가르쳤을 뿐, 하나도 이룬 것이 없도다. 그래서
나는 결심했다. 어차피 사라지는 내 육신 내 장기를 통해 어두운
사람들이 세상을 밝게 보고, 아픈 사람들이 건강하게 살 수만 있
다면 그보다 더 값진 일이 어디 있겠느냐! 나를 위해 부도탑도 세
우지 말고 돌탑도 남겨 놓지 말거라!"

큰스님은 이렇게 마지막 임종계를 남기고 부처님 계신 서방세
계로 가셨다. 공교롭게도 그날따라 명보전 마루 기둥의 목탁 속에
살던 참새들도 모두 다 어디론가 날아가 버렸다.

"허허, 희한한 일도 다 있네. 참새들도 우리 탄성 큰스님이 열반
하신 것을 알고 있었나?"

어느새 탄성 스님의 법구가 공림사를 떠나 경북 상주땅의 용화
지역을 지나 주지 시절 계시던 사십리 인근의 본사인 속리산 법
주사를 한 바퀴 돌고, 급히 청주시내 대학병원으로 옮겨지고 장
기 적출을 시작하였다. 장례준비를 하던 제자 스님들은 허망한 모
습으로 먼 하늘을 응시하였다. 그때 어느 처사님의 방에서 낮잠을
자고 있던 삼회는 꿈속에서 칠성각 뒤편 낙영산으로 향하는 오솔
길을 오르는 탄성 큰스님을 발견하고 헐레벌떡 일어나 밖으로 뛰

어나왔다.

"큰스님 같이 가요! 큰스님! 어디로 가십니까?"

삼회 스님은 칠성각 뒤편으로 난 오솔길을 올랐다. 삼회 스님은 탄성 스님의 그림자가 사라질까 봐 헐레벌떡 뛰었다. 멀리서 목탁 소리를 닮은 참새들의 울음소리가 들려온다.

"찌찌ㅡ 짹짹ㅡ 짹짹, 찌ㅡ 짹 짹 짹 짹!"

낙영산 너머 서산인 덕가산에는 노을이 붉게 물들어 가고 있다. 아침에 뜨는 해보다 더 붉은 노을이었다. 노을은 부처님의 염화시중의 모습으로 세상을 비추고 새로운 인연을 약속하며 서서히 어둠 속으로 사라져 갔다.

박정희 대통령 생가를 다녀와서

오늘은 비번날이다. 모처럼 시간적으로 여유로우니 내가 근무하는 김천에서 가까운 경북 구미시 상모동에 소재한 박정희 대통령 생가를 몇몇 직원들과 방문하기로 하였다. 잔뜩 부푼 기대를 안고 불과 몇 십 년 전의 근대사 속으로 발길을 옮겼다.

박정희 대통령은 경제개발과 18년 장기집권이라는 엇갈리는 평가를 받고 있는 인물이다. 어쨌거나 박정희 대통령은 우리 현대사에서 빼놓을 수 없는 인물이라는 것만큼은 확실하다.

구미시 상모동 외각에 위치한 박 대통령 생가는 화려한 대통령의 경력에 비해 초라해 보였다. 집 뒤로는 작은 대나무 밭이 있고, 데모꾼들에 의해 불타 버려 새로 개축했다는 본채 건물, 박 대통령이 공부했다는 작은 아파트의 베란다 정도의 공간밖에 안 되는 사랑채 건물과 박 대통령을 추모하는 새로 지은 추모관이 전부였다.

혹자들이 이야기하는 소쿠리 모양의 집 안을 둘러보았다. 풍수지리상 이런 형태의 집이 좋다나? 풍수에 문외한인 나는 그저 사람들이 하는 이야기만 경청할 뿐이었다. 잠시 후 아이들을 데리고 온 추모객들이 지나간 다음, 우리 일행은 차례를 기다려 참배를 했다. 천장을 향해 올라가는 향불과 박 대통령과 육영수 여사의 영정사진을 바라보았다. 40여 년 전 군사혁명, 경제개발 5개년 계획, 서독 간호사 광부파견, 월남전 참전, 중동특수, 새마을운동, 유신헌법, 장기집권, 10·26 등 무수한 일들이 머릿속을 스쳐지나갔다.

두 분 내외는 비명횡사했다. 천수를 누리지 못한 것이다. 그러니 행복한 인생은 아니었으리라는 생각이 들었다. 그들을 떠올리면 측은한 마음이 들기도 한다. 두 분의 영정사진을 바라보고 있자니, 장기집권과 독재 그리고 경제개발이라는 엇갈리는 평가를 받고 있는 그 시대의 사람들이 파노라마처럼 스쳐 지나갔다.

오늘날 우리가 풍요로움을 누릴 수 있는 것은 모두 지난날 조상들의 피땀 어린 눈물이 있었기에 가능한 일이다. 이 사실을 잊어선 안 된다. 5·16 군사정변 직후 미국은 이들을 인정하지 않았다. 만약 그들을 인정한다면 아시아 또는 다른 나라에서도 똑같은 상황이 발생할 것이라는 우려에서였다. 그때 미국은 원조도 중단했다. 당시 미국 대통령은 존 F. 케네디였는데, 박정희 소장은 케네디를 만나기 위해 태평양을 건너 백악관을 찾았지만 케네디는 끝내 박정희를 만나 주지 않았다. 호텔에 돌아와 빈손으로 귀국하려고 짐을 싸면서 박정희 소장과 수행원들은 서러워서 한없이 눈물을 흘렸었다고 한다.

가난한 한국에 돈을 빌려줄 나라는 지구상 어디에도 없었다. 지푸라기라도 잡고 싶은 심정에 우리와 같이 분단된 공산국 동독과 대치한 서독에 돈을 빌리려 대사를 파견해서 미국의 방해를 무릅쓰고 1억 4천만 마르크를 빌리는 데 성공했다. 서독이 필요로 하는 간호사와 광부를 보내 주고 그들의 봉급은 담보로 잡혔다.

고졸 출신 파독 정부 500명을 모집하는 데 무려 4만 6천 명이 몰렸다. 그들 중에는 정규 대학을 나온 학사 출신도 수두룩했다. 면접 볼 때 손이 고와서 떨어질까 봐 까만 연탄에 손을 비비며 거친 손을 만들어 면접에 합격했다는 이야기도 전해진다. 서독 항공기가 그들을 태우기 위해 온 김포공항은 간호사와 광부들의 가족, 친척들이 흘리는 눈물로 인해 눈물바다가 되어 있었다.

낯선 땅 서독에 도착한 간호사들은 시골 병원에 뿔뿔이 흩어졌다. 간호사들에게 처음 맡겨진 일은 시신을 닦는 일이었다. 어린 간호사들은 울면서 거즈에 알코올을 묻혀 이미 굳어 버린 시체를 이리저리 굴리며 닦았다. 하루 종일 닦고 또 닦았다. 그리고 남자 광부들은 지하 1천 미터 이상의 깊은 땅속에서 뜨거운 지열을 받으며 열심히 일했다. 하루 8시간 일하는 서독 사람들에 비해 열몇 시간을 그 깊은 지하에서 보낸 것이다.

서독 방송, 신문들은 대단한 민족이라며 가난한 한국에서 온 여자 간호사와 남자 광부들에게 찬사를 보냈다. 그렇게 해서 붙여진 별명이 '코리안 엔젤'이었다. 그로부터 몇 년 뒤, 서독 뤼브케 대통령의 초대로 박 대통령이 방문하게 되었다. 그때 우리에게 대통령

전용기는 상상할 수도 없어 미국의 노스웨스트 항공사와 전세기 계약을 체결했지만, 쿠데타 군에게 비행기를 빌려줄 수 없다는 미국 정부의 압력 때문에 그 계약은 일방적으로 취소되었다.

그러나 서독정부는 친절하게도 국빈용 항공기를 우리나라에 보내 주었다. 박 대통령 일행이 어렵게 서독에 도착하자 그를 마중 나와 있던 거리의 시민들이 뜨겁게 환영해 주었다.

"코리안 간호사 만세! 코리안 광부 만세! 코리안 엔젤 만세!"

영어를 할 줄 모르는 박 대통령은 창밖을 보며 감격에 겨워 땡큐를 반복해서 외쳤다. 서독에 도착한 박 대통령 일행은 뤼브케 대통령과 함께 광부들을 위로·격려하기 위해 탄광에 갔다. 고국의 대통령이 온다는 사실에 그들은 500여 명이 들어갈 수 있는 강당에 모여들었다. 박 대통령과 뤼브케 대통령이 수행원들과 함께 강당에 들어갔을 때, 작업복을 입은 광부들의 얼굴은 시커멓게 그을려 있었다.

대통령의 연설이 있기에 앞서 우리나라 애국가가 흘러나왔을 때, 이들은 목이 메어 애국가를 제대로 부를 수조차 없었단다. 이윽고 대통령의 연설이 이어졌다. 단지 나라가 가난하다는 이유로 이역만리 타국에 와서 고생하고 있는 자국의 광부들의 얼굴을 보니 목이 메어 말이 잘 나오지 않았다.

"우리는 열심히 일합시다. 후손들을 위해서 열심히 일합시다. 열심히 합시다."

눈물에 잠긴 목소리로 박 대통령은 계속 일하자는 말만을 반복했다. 어느덧 대통령의 눈가에서 눈물이 흐르기 시작했다. 가난한 자국의 국민들이 떠올라 눈물을 멈출 수 없었다. 눈물이 울음으로 이어지자 함께 자리하고 있던 광부와 간호사들 역시 따라 울기 시작했다. 그들은 부인 육영수 여사 앞으로 몰려나갔다. 육 여사는 그들 한 사람 한 사람을 자식같이 꼭 껴안으며 "조금만 참으세요!"라고 위로하고 있었다. 광부들은 뤼브케 대통령 앞에서 큰절을 올렸다. 그들은 울음 섞인 목소리로 "고맙습니다, 고맙습니다. 한국을 도와주세요. 우리 대통령님을 도와주세요. 우리 모두 열심히 일하겠습니다. 무슨 일이든 하겠습니다."를 수없이 반복했다. 뤼브케 대통령도 함께 울고 있었다.

연설이 끝나고 강당에서 나오자 강당 밖에 서 있던 광부들이 그들 내외에게 다가가 호소했다.

"우릴 두고 어디 가세요. 고향에 가고 싶어요. 부모님이 보고 싶어요."

그들은 박 대통령과 육 여사를 붙잡고 놓을 줄을 몰랐다. 호텔로 돌아가는 차에 올라 탄 박 대통령은 계속해서 눈물만을 흘렸다고 한다. 그의 옆에 앉은 뤼브케 대통령은 박 대통령에게 손수건을 건네주며 "우리가 도와주겠습니다. 서독 국민들이 도와주겠습니다."라고 힘주어 말했다. 서독 국회에서 연설하는 자리에서도 박 대통령은 "돈 좀 빌려주세요. 한국에 돈 좀 빌려주세요. 여러분들의 나라처럼 한국은 공산주의와 싸우고 있습니다. 한국이 공산주의자들과 대결하여 이기려면 분명 경제를 일으켜야 합니다. 그

돈은 꼭 갚겠습니다. 저는 거짓말할 줄 모릅니다. 우리 대한민국 국민들은 절대로 거짓말하지 않습니다. 공산주의자들을 이길 수 있도록 돈 좀 빌려주세요."를 반복해서 말했다.

당시 한국은 자원도, 돈도 없는 나라였다. 세계에서 가장 못사는 나라였다. 유엔에 등록된 나라 수는 120여 개국이었는데, 당시 필리핀 국민소득 170불, 태국이 220불이었을 때, 한국은 불과 76불에 불과했다. 우리 밑에는 달랑 인도만 있었다. 세계 120개 나라 중에 인도 다음으로 못사는 나라가 바로 우리 한국이었다. 1964년 국민소득 100달러! 이 100달러를 위해 단군 할아버지부터 무려 4,600년이라는 긴 세월이 걸렸다.

이후 혹자들이 말하는 이른바 보수 수구세력들은 머리카락을 잘라 가발을 만들어 외국에 내다 팔았다. 동네마다 엿장수를 동원하여 "머리카락 파세요! 파세요!" 하며 길게 땋아 늘인 아낙네들의 머리카락을 모았다. 시골에 나이 드신 분들은 서울 간 아들놈 학비를 보태 주려 머리카락을 잘랐고, 먹고살 쌀을 사기 위해 머리카락을 잘랐다. 그래서 한국의 가발산업은 발전하게 되었던 것이다.

또한 싸구려 플라스틱으로 예쁜 꽃을 만들어 외국에 팔았다. 곰인형을 만들어 외국에 팔았으며, 쥐잡기 운동을 벌여 일명 코리안 밍크를 만들어 팔았다. 돈 되는 것은 무엇이든지 다 만들어 외국에 팔았다. 이렇게 해서 1965년 수출 1억 달러를 달성했다.

이것을 두고 세계가 놀랐다. 한강의 기적이라며 전 세계가 경이로운 눈빛으로 우리를 바라보았다. 조국 근대화의 점화를 이룬 이는 서독에 파견된 간호사들과 광부들이었다. 여기에 월남전 파병은 우리 경제 회생의 기폭제가 되었다. 참전용사들의 전후 수당일부로 경부고속도로가 건설되었고, 이를 바탕으로 우리 한반도에 동맥이 힘차게 흐르기 시작했다.

우리가 올림픽을 개최하고, 월드컵을 개최하고, 세계가 우리 한국을 무시하지 못하도록 국력을 키울 수 있었던 것은 어떤 사람들이 수구 보수 세력으로 폄훼하는 그때 그 광부와 간호사들, 월남전 세대가 있었기 때문이다. 그때 이방인의 시신을 닦은 간호사와 수천 미터 지하 탄광에서 땀 흘리며 일한 우리의 광부, 목숨을 담보로 이국전선에서 피를 흘렸던 우리 국군장병, 작열하는 사막의 중동 건설현장에서 일한 50~70대가 흘린 피와 땀과 눈물이 있었기 때문이다. 그랬기에 우리가 오늘의 풍요를 누릴 수 있다는 사실을 결코 잊어서는 안 된다. 오늘날 우리가 누리는 풍요와 편리함은 모두 그분들 덕분이다.

우리들은 한강의 기적을 이룩한 국민이다. 성공적인 올림픽과 월드컵 개최 등 지구상 어디에서도 우리보다 부지런한 민족은 없다. 후배는 선배와 원로를 존경하고 따르며 선배와 원로는 후배들을 격려하고 또한 그들에게 베풀어야 한다. 서로 이해해 주면서 함께 가야 한다.

박정희 대통령 시대 근대화의 도화선이 된 서독광부와 간호사, 중동 모래 바람 속의 산업전사들, 월남전의 용사들이 지펴 온 국가

부흥의 불빛은 우리 대한민국의 앞날에 꺼지지 않는 밝은 서광이
되어 희망찬 역사를 써 나아가리라 확신한다.

둘, 고향 가는 길

누렁이 • 아버지의 등

누렁이

(김천교도소 근무 시절)

　이따금 고향에 방문하곤 했다. 연로하신 부모님을 찾아뵙기 위해서다. 보름에 한 번, 어떤 때는 두어 달에 한 번씩 가뭄에 콩 나듯 주말이나 휴일을 맞이하여 고향에 가곤 한다. 고향의 품은 언제 가도 따뜻하기만 하다. 초등학교에 다니는 우리 딸아이가 차에서 내려 할머니 할아버지에게 달려가 재롱을 떤다. 부모님에게 인사를 드리고 저녁식사 준비를 한다. 그때쯤이면 나는 마을 뒷동산에 올라가 본다.

　야트막한 뒷동산에 오르면 500년쯤 되었다는 왕 소나무가 보인다. 왕 소나무 외에도 여기저기에 크고 오래된 소나무들이 보인다. 솔잎 향기가 그윽한 산이다. 바람이라도 한번 지나가면 신선이 된 기분이다. 나의 유년시절, 그러니까 내가 지금의 우리 딸아이만 할 때 나는 여기서 친구들하고 소꿉놀이도 하고 병정놀이도 하곤 했다.

　"내가 신랑 할게! 너는 각시 하고, 알았지?"

　"아니다. 나! 나는 엄마 할란다! 너는 뭐 할래!"

언젠가 동네 아이들이 삼삼오오 모여 어둠이 내려앉을 때까지 병정놀이를 하고 있노라면 어느샌가 어머니들이 하나둘 나와 아이들을 향해 밥 먹으라며 소리치곤 했다.

"애들아! 저녁 먹어야지."

그러면 아이들 모두 산을 내려가곤 했다. 뒷동산에 오르면 어린 시절 손때 묻은 소나무들을 자연스레 만져 보곤 한다. 그럴 때면 그때 그 시절 해맑은 모습의 소꿉친구들이 떠오른다. 그리운 친구들. 옛날 생각에 한참 젖어 있을 때였다.

"아빠! 엄마가 저녁 잡수시래요."

초등학생 딸아이가 부른다. "그래, 알았다!" 하고 산을 내려오니, 딸아이의 손에 뭔가가 쥐어져 있었다.

"아빠! 이거 뭐야?"

딸아이가 말한 그것을 가만 보니 그것은 예전에 우리 집에서 키우던 암소 누렁이의 코뚜레였다.

"소윤아! 이것은 코뚜레란다. 소가 덩치가 크고 사람이 일을 시키기 힘들어서 사람 말을 잘 듣게 하려고 소의 코에 구멍을 뚫어 이렇게 코를 꿰어서 소에게 일을 시켰지. 생각해 봐! 소가 덩치가 얼마나 크니? 소보다 힘이 약한 사람이 소에게 말을 잘 듣게 하기 위해선 이 방법이 가장 좋단다. 그렇게 해야 소에게 일도 시키고 무거운 수레도 끌고 다니게 하지 않겠냐!"

그래! 누렁이! 맞다. 분명히 우리 집에서 15년을 살다가 충북 보은 우시장에 팔려 간 누렁이! 그 누렁이가 코뚜레를 할 때 몸을 흔들고 발버둥 치는 바람에 코뚜레가 부러졌었다. 바로 그 코뚜레 중의 하나였던 것 같다.

한여름 밤, 이른 저녁식사를 마치고 어둠이 지기 전이었다. 딸아이와 함께 누렁이가 살던 외양간에 가 보았다. 우리 집에서 소를 안 먹인 지 이제 20년이 더 되어 간다. 누렁이가 살던 외양간은 제법 정돈이 잘 되어 있었다. 옛날 누렁이가 살던 외양간에는 녹슨 쟁기, 가래, 삽, 곡괭이, 분무기, 호미, 누렁이가 쓰던 멍에, 그리고 코뚜레가 몇 개 진열되어 있었다.

오늘 딸아이가 가지고 온 코뚜레는 그중 한 개를 가지고 온 것 같았다. 이제는 누렁이의 외양간이 농기구를 저장하는 저장소가 되어 버린 것이다. 외양간에서 우리 집에서 살다가 떠나 버린 누렁이를 생각하게 되었다.

누렁이가 우리 집에 온 것은 지금으로부터 30여 년 전, 내가 초등학교 3학년 때이다. 아직 우리 막내 여동생이 태어나기도 전이었다. 그해 이른 봄, 아버지는 우리 동네에서 60여 리나 떨어진 보은의 우시장에서 15만 원을 주고 송아지를 사 오셨다. 우리는 그 송아지를 '누렁이'라고 불렀다.

지금이야 트럭을 이용하므로 소를 사고파는 일이 그리 어려운 일이 아니다. 하지만 옛날은 차가 흔치 않은 시절이었다. 때문에 소를 사고파는 일이 농촌에서는 쉬운 일이 아니었다. 송아지를 사러 가는 날, 아버지는 첫차를 타기 위해 이른 새벽부터 부산을 떨곤 했다. 보은 우시장에서 누렁이를 사서 어미 소와 누렁이를 분리하고 엄마소와 떨어진 누렁이를 달래고 어르고 하면서 집으로 오셨단다. 하지만 누렁이가 순순히 따라왔겠는가. 아무리 말 못 하는 짐승이라지만 제 어미와 떨어져 순순히 따라올 턱이 없지 않은가. 지금 세월이야 가축 운반하는 트럭도 생긴 데다가 도로 사정까지 좋아졌으니 가축을 옮기는 일이 그리 어렵지 않다. 하지만 그 당시는 아니었다. 코뚜레 하지 않은 송아지를 사람이 끌고 와야만 했다. 말 안 듣는 송아지와 함께 60리 길을 걸어 집으로 오는 일은 무척 고단하셨을 것이다. 제 어미와 주인을 떠나 낯선 사람을 따라오던 누렁이. 그런 누렁이를 맞이하기 위해 어머니는 여동생을 업은 채 우리 두 형제를 앞세워 집에서 20여 리나 떨어진 할목재까지 마중을 나갔다.

인적이 드물고 산세가 높은 할목재에 다다르니, 깊은 산속에서 희미한 그믐달이 보였다. 그마저도 구름에 가려져 있었고 어느 골짜기에서는 짐승 우는 소리가 났다. 어느 숲에선가 부엉이 우는 소리도 이따금씩 들려왔다. 나는 덜컥 겁이 나서 "엄마, 집에 가자!" 하고 엄마의 소맷자락을 잡아당겼다.

고갯마루에서 얼마 동안을 기다렸을까. 반대편 고개의 아래에서 "음매음매 매헤헤—" 하는 소리가 들렸다. 형과 함께 아버지를 불렀다. 이내 곧 "그래!" 하는 아버지의 반가운 대답 소리가 들려왔다. 보은 우시장에서 점심때 출발하셨는지, 송아지도 지치고 아버지도 지친 모습이었다. 자정을 넘긴 시각이었다.

누렁이가 처음 우리 집에 왔을 땐 쇠죽도 잘 먹지 않고 덩치도 말라 있었다. 그러나 시간이 차츰 지나자, 우리 가족의 정성 덕분인지 제법 살이 올랐다. 누렁이가 어느 정도 자랐을 무렵, 아버지는 다래나무를 깎아 코뚜레를 만들고, 동네 어른들과 함께 누렁이의 코에 코뚜레를 하셨다. 사실 말이 코뚜레이지, 그것은 누렁이에 대한 고문이었다. 동네 어른들이 누렁이를 구유통에 목을 꼼짝못 하게 받치고 다시 목을 뒤로 못 빼도록 어른들이 꽉 붙잡고, 시뻘겋게 달군 쇠꼬챙이로 양쪽 콧구멍을 관통시키고, 다래나무로 만든 코뚜레를 다시 집어넣어 관통시켜 고정시키고 그렇게 코를 꿰셨다. 누렁이의 요동에 코뚜레가 부러지고 여분의 코뚜레로 간신히 코를 꿸 수 있었다.

시뻘건 쇠코쟁이와 누렁이의 살 타는 냄새. 그리고 곧바로 이어지는 누렁이의 신음소리. 가끔씩 날뛰곤 하던 누렁이는 이제 꼼짝도 못 하고 사람들의 손에 익숙해져 갔다. 코뚜레를 하였으니, 이제 좋은 말로 사람이 부리기에 딱 적당한 몸이 된 것이다. 오늘 우리 아이가 가져온 코뚜레는 그때 여분으로 만들어 놓은 것 중의 하나였다.

이듬해 봄 제법 추울 때였다. 우리 누렁이가 제법 암소 티가 날 때, 아랫마을 중벌1리 진호네 종자소와 교배를 하게 되었다. 송아지를 낳기 위해서였다. 종자소는 덩치가 우람하고, 우리 누렁이는 아직 덩치가 작은 관계로 어른들이 튼튼하고 긴 장대로 누렁이의 배를 받쳐 주고 교배를 시켰다.

누렁이를 꼼짝 못 하게 하고 진호 아버지가 종자소를 몰고 누렁이 뒤로 가서 "올라가! 올라가!" 하면서 고삐를 잡아당겼다. 그러면 종자 소는 이내 종족번식을 위한 노력을 하고, 코와 입에서는 거품을 내뿜었다. 그렇게 싱거운 게임을 마쳤다. 소는 커다란 동물치고 교미시간이 짧다고 하던데, 그 말이 사실이었던 것 같다. 그로부터 10개월이 더 지난 후, 그다음 해 겨울 지독히도 추운 날, 누렁이는 새끼를 낳았다. 누렁이는 새끼를 핥아 주었다. 사람이 다가오면 무섭게 머리를 흔들고 화난 표정을 지으며 신경질을 부리기도 하였다. 자식을 사랑하는 마음은 사람이나 소나 매한가지인 모양이다. 아버지께서는 행여나 싶어 송아지를 포대기에 감싸 안아 가지고 안방으로 데리고 와, 포대기로 덮어 키우곤 하셨다.

그해 겨울 작은 송아지는 우리 집 안방과 외양간을 번갈아 들락거리며 보냈던 것 같다. 누렁이는 정기적으로 송아지를 낳아 주었고, 겨울을 제외하고 사시사철 들판에서 멍에를 메고 쟁기질도 하고 무거운 짐을 실은 수레도 끌어 주면서 우리 집에서 너무나도 많은 일을 했다.

한창 바쁜 농사철에는 이웃집에 쟁기질이며 못자리하는 곳에 품앗이 일까지도 했다. 순하고 일 잘하는 누렁이가 품앗이를 가는 날이면, 그 집에서는 누렁이가 웬만한 일꾼보다 낫다고 칭찬했다. 소도 일 잘하는 소가 있고 일 못하는 소가 있다는 것을 몸소 체험하는 계기가 되었다.

누렁이가 새끼를 낳고 송아지를 핥아 주고 애지중지할 때쯤이면, 아버지는 송아지를 데리고 가 보은 우시장에 팔아버리곤 했다. 누렁이는 차츰 덩치가 커졌다. 저번 같이 요란한 교미는 아니더라도 또 임신을 하고 송아지 낳기를 열 번씩이나 반복했다. 매년 송아지가 팔려 가는 날이면 저녁에 누렁이는 쇠죽도 먹지 않고 집이 떠나가도록 울곤 했다.

무더운 여름날이었다. 아버지께서 소꼴을 베어 오라고 하면, 누렁이를 데리고 마을에서 멀리 떨어진 조용한 냇가로 향한다. 고삐를 나무에 매었다가 얼마 후 풀어 놓으면 목에 달린 쇠경소리가 짤랑 짤랑거린다. 그러면 누렁이는 열심히 풀을 뜯고, 나는 시냇물에 발을 담그고 그때 당시 학교 도서실에서 빌려온『어깨동무』,『어린이 자유』,『이순신』,『보물섬』,『삼국지』,『케네디』등의 위인전을 읽곤 했다. 한참 독서 삼매경에 빠져 있다가 문득 정신을 차려 보면 곁에 있어야 할 누렁이가 보이지 않았다. 어쩌다가 멀리 떨어진 모양이었다. "누렁아! 누렁아!" 하고 부르면, 저 멀리서 누렁이가 열심히 풀을 뜯다가 고개를 들곤 내게로 오는 것이 보였다. 날이 어둑어둑 저물면 소고삐를 놓아 주고 누렁이의 뒤를 따라 집으로 왔다. 어쩌다가 내 걸음이 늦기라도 하면 누렁이는 길을 가다 말고 그 자리에 멈추어 서서 나를 향해 고개를 돌렸다. 그러고선 나를 물끄러미 바라보곤 했다. 어서 오라는 듯 왕방울만한 눈으로 나를 바라보던 그 모습이 아직도 눈에 선하다. 그건 마치 나를 기다려 주는 모습 같았다. 한번은 누렁이를 냇가에 풀어 놓고 소꼴을 베다가 바위 위에 누워 깜빡 잠이 들었다. 눈을 뜨니 사위가 어두컴컴했다. 누렁이는 어디로 갔는지 보이지 않았다. 비몽

사뭇한 상태로 내가 먼저 집에 도착했다. 집에서는 날 보고 누렁이를 어떻게 했냐며 혼낼 기세였다. 그런데 그때였다. 어디서 나타났는지 누렁이가 태연히 뒤따라와 외양간으로 들어가는 것이 아닌가. 아무 일도 없다는 듯 말이다. 순간 누렁이에게 얼마나 고마웠는지 모른다.

여름방학이면 동네 아이들이 자기 집 소를 한 마리씩 몰고 시냇가로 나온다. 각자의 소를 백사장의 풀섶에 매어 놓고선 냇가에 둘러서서 돌팔매질도 하고, 그것도 재미없으면 백사장에서 씨름도 해 보았다. 이것도 저것도 재미없으면, 이번엔 소싸움을 시킨다고 소를 몰고 와 양측 소와 싸움을 붙인다. 그러다가 황소가 한바퀴 삥 돌더니 다른 소에게 올라타는 경우도 있어, 모여 있던 아이들은 한바탕 깔깔깔 웃어 댔다.

내가 고등학생이고, 막내 여동생이 여덟 살이었을 때다. 한여름인지라 소나기가 올 때였다. 여동생이 보이지 않았다. 동생을 찾으러 나가니, 글쎄 동생이 냇가에 있던 누렁이 고삐를 잡고 집으로 들어서고 있는 게 아닌가. 누렁이가 주인을 알아보고, 주인집 딸과 같이 집으로 돌아오다니. 그런 누렁이를 보고 감탄하지 않을 수 없었다. 15년이라는 세월이 지나고 이제 새끼 낳을 능력도 없는 누렁이. 짐승은 한집에서 너무 오래 먹여서는 안 된다는 이야기가 있었다. 그 이야기를 따라 아버지는 그 당시 150만 원에 누렁이를 본은 읍내 소장수에게 팔았다. 우리 집에서 어느 누구보다도 충실한 일꾼이요, 효자였던 누렁이는 그렇게 우리 곁을 떠났다. 외양간에 있는 누렁이의 물건을 바라보고 있자니, 누렁이가 어느새 짤랑— 짤랑— 하는 쇠경 소리를 내며 우리 곁에 와 있는 것 같다.

아버지의 등

어렸을 적 나는 아버지의 등에 업히는 것을 몹시도 좋아했다. 등에 업히고 나면 편안할 뿐만 아니라, 그 무엇과도 비교할 수 없는 행복감에 몸과 마음이 따스해졌다.

나는 경북 상주의 속리산 문장대 아래 용화동 분지에 있는 초등학교를 다녔다. 그곳은 벽지학교였다. 경상북도나 상주 교육청에서 책을 무료로 보내 주었는데, 내가 5학년, 6학년 때 담당자가 되어 책을 정리 정돈하는 한편 다른 학생들에게 책을 빌려주고 받고는 했다. 어떤 날엔 저녁 9~10시까지 학교에 남아 책을 읽다가 집에 가기도 했다. 위인전도 읽고 『어깨동무』, 『도깨비감투 형이』, 『요철 발명왕』 등 잡지도 읽었다. 아버지께서는 도서실 문을 열고 들어오셔서 "저녁은 먹어야지." 하면서 등을 내미신다. 당시 나는 평균치 아이들보다 덩치가 작은 편이었다. 그래도 5~6학년이라 제법 무게가 나갔을 텐데, 아버지는 나를 업고 10리나 되는 거리를 걸어오시곤 했다. 아버지의 등은 포근했다. 너무 포근해서인지 줄곧 아버지의 등에서 코를 골며 잠을 자곤 했다. 아마 그 무엇보다도 바꿀 수 없는 부정(父情)의 마음이 전해졌기에 내 마음 역시 편했던 것이리라. 그랬기 때문에 나 역시 잠을 잘 자고 건강했던 것이리라. 지금 나는 그 시절의 아버지 나이쯤 되었다. 교도소에서 근무하면서 아버지를 닮아 가고 싶다는 생각이 자주 들곤 한다. 심적으로 그들의 가려운 곳을 긁어 주고 사랑을 베풀며 공직 생활을 이어 나가고 싶다.

2장

좌충우돌
교도소 이야기

우리 교도소

하나, 짬뽕 한 그릇

우리 교도소

사방문 안의 자해공갈단

재소자를 수용시킨 사동에 근무할 때에는 특별한 경우가 아니면 사방문을 밖에서 걸어 잠근다. 여러 가지 보안상의 문제 때문이다. 아침의 세면 시간이나 면회, 이발, 운동시간 같은 때엔 재소자들의 거실 문을 열어 준다. 문제는 재소자가 간혹 외부로 탈출할 수 있는 틈을 이용하여 유리창을 깨거나 흉기를 들고 자신의 몸에 심한 자상을 입힐 경우다. 그런 식으로 난동을 부리는 재소자가 나타날 땐 곤란을 겪게 된다. 그럴 경우, 그 재소자를 즉시 저지시켜 의무과에 데리고 가서 응급처치를 한 다음 독방에 감금시킨다. 이후에 재소자에게 극단적인 행동을 했던 이유나 동기를 물어본다. 그러면 대개 돌아오는 대답은 별다른 이유 없이 그냥 징역살이가 짜증나고 울화통이 터져서 그랬다는 말이다. 싱겁기 그지없는 대답이다.

어느 범죄 심리학자가 지적했듯이 이유 없는 영웅 심리는 어떤 쾌감을 얻으려는 정신적 이상 행위로 볼 수 있다. 그 방법이나 수단이 치밀하게 계획된 것이라서 교활하게 행동할 때는 실로 아연

하지 않을 수 없다. 일전에 자해공갈단 사건으로 사회가 떠들썩했던 일이 있었다. 그들은 지나가는 행인에게 일부러 접근하여 시비를 걸어 몇 대 얻어맞고는 자기 몸에 엄청난 자해를 한 후, 병원에서 진단서를 끊어 그 행인을 피의자로 만들어 고발하는 수법으로 범죄를 저질러 왔다. 이렇게 되면 그 행인은 가해자가 되어 꼼짝없이 치료비와 보상금을 지급할 수밖에 없다. 또 지나가는 차량에 고의로 부딪쳐 사고를 당한 것처럼 위장하고는 부상 부위를 더 심하게 만들어 그 차량의 운전자를 가해자로 고발하고 많은 치료비와 보상금을 뜯어내기도 했다. 이들은 인간의 탈을 쓰고는 도저히 할 수 없는 자해 행위까지 서슴없이 자행했었다.

자해공갈단이 지금은 자취를 감추었는지 모르겠다. 간혹 교도소 안에서도 지능적이고 교활한 범죄인들이 자해공갈 사건을 일으킨다. 이런 경우는 대개 만기 출소 날이 거의 다 된 재소자로서 사고방식이 건전하지 못하고 사회에 나가서도 또 다른 범죄를 모의하거나 궁리하고 있는, 그야말로 개선의 여지가 없는 재소자에게서 발생한다. 그들은 자기들을 관리하고 항시 보살피는 담당 교도관을 주요 목표로 삼는다. 그중에 근무 경력이 많고 노련한 담당들에게는 접근하지 못하고, 근무 경력이 짧은 신참 담당들에게 수작을 부린다. 물론 공장이나 사방 담당들은 근무 경력이 많고 재소자들을 잘 다루는 노련한 고참 직원을 근무시키는 것이 통례로 되어 있다. 그렇기에 간혹 식사 교대나 휴식 교대 시간에 들어오는 신참 직원을 점찍어 두었다가 교묘한 수작을 시작한다. 우선 담당 근무자에게 용건을 내세워 면담신청을 한 다음 가까이 다가가서 그의 약을 올리거나 욕설을 퍼부어 젊고 패기에 찬 그 신참의 이성을 미비시킨다. 그다음 점차 입에 담지 못할 욕설이나 언행으로 화를 머리끝까지 나게 한다. 이렇게 되면 그 신참은 많은 재소자 앞에서 무참하게 망신당한다는 생각에 깊은 생각은 하지 못한 채 문을 열고 그 재소자를 끌고 나오게 되고, 거기서 더욱더 심하게 실랑이를 하게 되기 마련이다. 틈틈이 직원 교육 시간에 간부들이나 근무 경력이 많은 고참 직원들이 젊은 직원들에게 재소자 다루는 방법이나 그들을 노련하게 처우하는 것 등을 교육시킨다. 하지만 역시 젊은 혈기에 감정이 있는 사람으로서 어찌 화가 나지 않겠는가? 교활한 그들은 바로 그 점을 이용하여 먼저 시비를 걸어 놓고 젊은 담당으로 하여금 실력행사를 하도록 만드는 것이다. 사실 이런 경우 즉시 상급자에게 보고하고 인계하면 그만이다. 하지만 아직 젊은 혈기로 정의감에 넘치는 신참 교도관은 그 자리에서 그 재소자의 따귀 몇 대를 냅다 올려붙이고 만다. 그러면 그 재소자는 더욱 약을 올리며 발길질이라도 몇 대 더 얻어터지려고 대든다. 몇 대를 더 얻어맞고 난 다음에는 고래고래 소리를 치며 난동을 부린다. 난동 소리에 급히 달려간 상급자나 간부들에게 이유 없이 폭행을 당하여 온몸이 아파서 죽을 지경이니 책임지라고 공갈과 협박을 하기 시작한다. 그리고 만기일에 출소해서는 그동안 사방에서 자해시켜 놓았던 몸의 상처를 보여 병원 진단서를 떼어 가지고 막대한 액수의 금전을 요구하며 합의 볼 것을 종용하는 것이다. 만약 그렇게 하지 않을 경우 경찰에 정식 고발하겠다는 공갈과 함께 말이다. 이쯤 되면 잘잘못을 따지기 싫어 돈을 주고 합의서를 받는 수밖에 별다른 도리가 없다. 이처럼 어처구니없는 자해협박단의 놀음에 젊은 직원이 다른 재소자들과 불신의 끈으로 묶이게 되는 안타까운 일이 종종 발생하기도 한다.

여자 재소자들의 한바탕 소동

1989년 청송감호소 신참 근무 시절, 야간에 교대를 와 휴게실에서 휴식을 취하고 있을 때였다. 보안과에서 서무가 다급한 목소리로, 여사에서 싸움이 났으니 어서 달려가 보라고 전한다. 이미 감독교사가 갔으니, 뒤에 가는 직원들은 수갑과 포승줄을 가지고 가라는 말을 덧붙인다. 가끔 여자들이 싸우면 머리채를 잡고 소리를 지르며 싸우는데, 감호소에 있는 여자 재소자들 중 누군가는 남자들처럼 발로 차고 주먹으로 싸우기도 한다. 이번에는 저녁 식사 배식을 하다가 싸움이 붙은 모양이었다. 누구 방에는 반찬을 더 주고, 또 누구 방에는 반찬을 덜 주고 하는 바람에 문제가 생겼다고 한다.

여사에 도착하니 양동이와 식기가 나동그라져 있어 이미 난장판이었다. 여자 둘이 마치 이종 격투기 선수처럼 뒤엉켜 싸우고 있었다. 여사 담당 직원들은 어쩔 줄을 모르고 발을 동동 구르고 있었는데, 이상하게도 앞서 간 감독 교사인 정 모 교사는 보이질 않았다. 여자 재소자들이 엎치락뒤치락 싸우는 와중에 여자 재소자 몸집에 깔려서 보이지 않았기 때문이다.

서울 어느 지역에서 포주를 한다는 이 모 여인은 체중이 100키
로그램에 육박했고, 다른 김 모 재소자도 85키로그램이 넘는 거구
였다. 남자와 비슷한 체중에 몸집이 컸다. 그에 반해 상대적으로
키가 작고 몸무게도 겨우 56kg인 우리의 정 모 교사는 이 여자들
의 싸움을 말리다가 그만 그들의 틈새에 깔려 버린 것이다.

수갑을 채우고 보안과로 데리고 와 보니, 보안과 조사실이 언제
이렇게 비좁았나 싶을 정도로 한없이 작게만 느껴졌다. 무슨 여자
들의 덩치가 이렇게 큰지, 우리 정 모 교사가 몸집이 작아 여자들
한테 깔린 상황에 씁쓸한 웃음만 나온다. 하기야 유명한 사창가
어디에서 일을 한다고 하니, 이 정도는 되고 이 정도 완력이 있어
야 골목을 휘어잡아 벌어먹고 살 수 있지 않을까?

시멘트 벽에 돌진하는 멧돼지

천태만상 각양각색의 재소자를 상대하다 보면 별의별 사람을 다 만나게 된다. 때로는 "담당님, 부장님, 이것은 무엇입니까?", "어디가 아파요."라면서 끊임없이 교도관을 귀찮게 하는 재소자가 있는 반면, 말없이 조용히 지내다가 갑자기 조그만 일에 불같이 화를 내며 자기 머리를 시멘트 벽에 들이박는 재소자도 있다.

내가 근무하면서 담당했던 최 모 수용자가 떠오른다. 경북 경주가 고향인 그는 어느 날 아주 사소한 일로 동료와 다투고 나서는 담당 근무자가 제지할 겨를도 없이 시멘트 벽에 무작정 머리를 들이박고 피를 철철 흘리며 드러누워 버렸다. 참 이상한 성격의 수용자인 것 같다. 나도 가끔 화날 일이 있을 때 그 수용자의 행동이 떠오르기도 한다. 아마 자기 감정을 누그러뜨리지 못하는 투사형, 전투형 성격의 수용자인 것 같다.

과거에도 몇 차례 머리를 부딪쳐 꿰맨 상처 자국이 많은데, 또 머리를, 그것도 단단한 시멘트 벽에 들이박는 바람에 그야말로 피를 쏟고 있었다. 그런데 소리를 지르기는커녕 말도 한마디 하지 않고 멍하니 있었다. 혹시 피를 흘리는 데 쾌감을 느끼는 건 아닐까 싶을 정도로 이상한 재소자였다.

자기 신체 자해로 결국 징벌조치 됐지만, 어쩐 일인지 재소자는 멧돼지같이 씩씩거리기만 했다. 담당 근무자는 무슨 사유로 오늘과 같은 일이 발생하였는가에 대해 세세하게 근무경위서를 써 나갔다.

내 꼬리 돌려줘!

20여 년 전쯤, 소고기의 꼬리 부분을 푹 고아서 만든 소꼬리 곰탕의 인기가 제일 좋던 시절이 있었다.

수술 후 환자의 회복기에 혹은 입맛이 없고 기력이 쇠잔했을 때 먹는 꼬리곰탕 한 그릇과 밥 한 공기는 더없이 좋은 보양식이었다. 아마 1990년도 당시에는 소꼬리 값이 천정부지로 올라서 소꼬리 한 개당 15만 원 정도 할 때였으니, 지금은 20만 원 정도 하지 않을까 싶다. 소꼬리 값이 유독 비싼 탓에 소꼬리 도둑들이 등장했다. 소 사육농가에 들러 전문적으로 소꼬리만 절단해서 가지고 가는 수법이었다. 소를 키우는 농가 입장에서는 어떻겠는가. 하루아침에 30여 마리나 되는 소들의 꼬리가 싹둑 잘려 나간 모습으로 있으니, 얼마나 황당했으며 놀라고 분했을까?

전문 소꼬리 도둑들은 살아 있는 소의 꼬리에 마취주사를 놓고 예리한 칼로 베어 가는 방식으로 한 번에 수십 마리의 소꼬리를 절취했다고 한다. 한우 사육농가에서 하룻밤에 몇백만 원 상당의 소꼬리를 잘라 갔던 모양이다.

마취 때문에 꼬리가 잘려 나갈 때는 몰랐던 소는 마취가 풀리면서 미친 듯이 날뛰었을 텐데, 얼마나 아팠을까! 소는 다음 날 마취가 풀릴 때면 커다란 눈망울에 눈물을 가득 품고 울부짖었으리라! 어쩌면 절취범이 교묘하게 순진한 소를 노렸는지도 모른다. 연일 방송에 보도되고 나더니 어느 순간 잠잠했는데, 몇 개월 후 신입 수용자 한 명이 내가 근무하고 있는 작업장에 출역하였다. 신분장에 '절도'라고 되어 있어 사건기록을 자세히 보지 않고 근무를 하고 있는데, 어느 날 내가 담당하고 있는 재소자들이 "킥킥킥" 하고 어느 재소자를 놀리는 것이었다. 왜 그러냐고 물어보니, 소꼬리 도둑놈이라는 것이다. 그리고 정작 본인은 상당히 무안해한다.

말 못 하는 짐승이지만 얼마나 아팠을까? 꼬리가 잘려진 소들이 "내 꼬리 돌려줘!" 하지는 않을까? 희한한 절도범을 기억해 본다.

억울한 과실치사

1994년 1월, 어느 도시에서 노인네 셋이 어느 젊은이를 죽여서 교도소에 들어왔다. 그런데 어째 이상하다. 아무리 셋이라고 해도 그들은 노인들 아닌가. 어떻게 젊은 사람을 죽였을까? 그리고 그들 사이엔 어떤 사정이 있는 걸까? 독자들도 궁금해할 것이다. 그들의 죄목은 다름 아닌 과실치사.

전시에 사용하는 영주의 안정비행장, 즉 8킬로미터 정도의 국도 옆에 간이비행장이 있다. 그곳은 영주 시내에서 풍기 쪽으로 향하는 5차로의 교차선인데, 도로가 끝나고 또 아래로 내려가는 곳에 위치하여 평상시에도 교통사고가 빈발한 교차로였다. 그들이 젊은이를 사망에 이르게 한 경위는 이러하였다.

어느 젊은이가 오토바이를 몰다가 커브 길에서 넘어져 오토바이로부터 몸이 튕겨나가 기절하고 말았다. 젊은이는 기절한 상태로 누워 있었다. 그런데 마침 이곳을 지나가던 어른들에 의해 발견되었다. 노인들이 보기에 젊은이의 상태는 좀 이상했다. 목이 반대로 돌아가 있었던 것이다. 사람 목이 반대로 돌아가 있기에

숨을 못 쉬고 죽을 것 같다고 판단한 노인들은 그를 살리기 위해 얼른 목을 원위치에 돌려놓는다고 목의 방향을 반대로 틀었다. 그런데 이런 선한 의도가 젊은이를 죽음으로 내몰고 말았다. 그들 나름대로는 숨을 쉴 수 있게 한다고 것이 사망 원인이 된 것이다. 사실은 겨울날 찬바람 때문에 젊은이가 바람을 차단하기 위해 옷 (파카)을 거꾸로 입고 있었던 것이었다.

생각해 보라. 사고라고 쫓아가 보았는데 옷을 거꾸로 입었으니 목이 돌아간 걸로 보였을 것이며, 당황한 노인들이 조금이라도 환자를 살려 보려고 애쓴 것이 결국 이 지경이 되었다.

나도 고등학교 졸업 후 오토바이 타는 걸 몹시 좋아했다. 오토바이의 굉음과 속도감을 느끼는 도중에 마주쳐 불어오는 찬바람을 막기 위해 파카를 거꾸로 입고 달려 보곤 했다.

전국의 오토바이 운전자들이여, 옷을 거꾸로 입고 오토바이 운전하지 맙시다. 자칫하면 생명과 직결된 문제로 이어질 수 있습니다.

대단한 정력가

교도관으로 근무하다 보면 만나는 사람도 천차만별이고 가지각색이다. 괴상한 사람도 종종 만나곤 한다. 안동교도소 병사에서 근무할 때의 일이다. 병사에 수용되어 있는 김 모 노인은 85세의 고령이었다. 나이 70세만 넘어도 고령이라 웬만하면 교도소에 잘 수용되지 않는다. 헌데 그 사람은 왜 그 나이에 수용된 걸까? 그가 저지른 범죄가 그리도 중한가? 살인? 아니면 공안(간첩이나 집시법 등 사회물의 사범)일까? 아니다. 성추행이었다. 지팡이까지 짚고 다니는데 어찌나 정력이 왕성한지, 거리에 지나가는 여자들을 보고 끓어오르는 성욕을 주체하지 못한 나머지 그만 지팡이로 젊은 아낙네의 치마를 올리고 궁둥이를 만진 것이다. 그는 결국 성희롱 및 폭력이라는 죄명으로 입소되었다.

대체 그 노인네는 무슨 생각으로 사는지, 병사동에 근무하면서 조용히 순시를 돌다 보면 신문지에 있는 미모의 탤런트나 가수의 사진을 붙여 놓고 잠도 안 자고 아래를 주물럭거리고 있다. 정말로 큰 병이었다. 주간에 담당실에 그를 불러 놓고 "영감님, 그렇게 욕구 참기가 힘들어요? 기력이 그렇게 좋아요?" 하고 물으니 그가 말하기를, 지금으로부터 20년 전 아내(그때 당시 75세)가 죽고 나서부터 이상하게 자기도 모르는 사이 몸이 뜨거워지곤 한단다. 그리고 그는 곧이어 젊은 시절 이야기를 들려주었다. 그는 어느 산골짜기에 살면서 포수로서 멧돼지며 뱀, 고라니, 개구리 등 온갖 야생동물을 취식하였다고 한다. 보양식을 많이 먹은 탓인지 한겨울에도 몸이 뜨거워 얼음물에 냉수샤워를 하곤 했다고. 이러한 지나친 보양식 섭취가 결국에는 노인이 된 이후에도 혈기를 주체하지 못하는 지경으로 이끌었다니, 아무리 좋은 몸보신이라도 과하면 탈이 나나 보다. 아무튼 그 노인은 동네에서 꽤나 골치 아픈 존재란다. 그래서인지 자식과 손주들이 꽤 많음에도 불구하고 그들 모두 창피하다고 아무도 면회 오지 않는다.

주민등록번호가 의심이 갈 정도로 정력이 왕성한 노인이다. 그 영감은 자신의 손녀뻘 정도밖에 안 되는 40대의 여인네에게 다가가 쿵쿵거리는데, 반면 어느 남성은 나이 갓 50세에도 힘이 없다고 하니, 아무래도 정력은 타고나는 것일까? 아무튼 괴상한 할아버지와 교도소에서 생활하고 있는 것만큼은 사실이다. 대단한 정력가임에는 틀림없다.

"안녕하세요?" 말 한마디

외정문에서 근무하다 보면 다양한 민원인을 보게 된다. 자식이 영어(囹圄)의 몸이 되어 있어 어두운 표정과 무거운 발걸음으로 면회 오는 사람 혹은 갖가지 사연을 가지고 걱정과 우려를 하며 면회를 오는 사람 등 다양하다. 특히 민원부서에 근무하는 교도관들은 가족들에게 친절하려고 노력한다. 그들이 면회를 마치고 가정으로 돌아갈 때 안심하고 돌아갈 수 있도록 최선을 다하고 있다. 모두들 면회 오시는 분들에게 공손하고 예의 바른 모습과 태도로 근무를 한다.

면회 오는 사람 가운데에도 별의별 사람이 다 있다. 맨발에 슬리퍼 차림으로 신분증 없이 찾아와 면회시켜 달라고 억지를 부리는 사람, 교도관이나 경비교도대가 인사를 하는데도 본체만체하는 사람 등 각양각색의 사람들을 만나곤 한다. 교도관이 재소자나 민원인에게도 친절해야 하는 것은 분명하나, 친절을 받아들이는 쪽에서도 덩달아 친절했으면 한다.

인사를 했는데도 상대방이 대꾸를 하지 않아 무안할 때가 많았다. 더러는 괜히 트집을 잡는 사람도 있었다. 만기출소자는 정해진 시각 12시가 되어야 출소를 할 수 있다. 그런데 출소시각이 되기도 전에 교도소에 도착해서 자신의 가족을 왜 빨리 내보내지 않느냐며 소란을 피우는 경우도 있었다. 그럴 땐 참 얼마나 난감한지, 겪어 보지 않은 사람이라면 아마 모를 것이다.

수감자의 부모로 보이는 사람이 교도소 외정문 주변을 서성이는 장면도 심심찮게 마주치곤 한다. 오늘 출소하는 아들을 기다리는 부모들의 마음은 어떠할까. 그들을 보고 있노라면 얼마나 신경 쓰이는지 모른다. 조금 안돼 보이기도 한다. 그럴 때는 그들에게 다가가 물이라도 한 잔 드리며 위로의 말을 전하곤 한다.

시청이나 동사무소, 세무서 등 국가의 어느 관공서에 갈 때 조금은 실례되지 않는 모습으로 가는 것이 좋을 것이라고 생각한다. 그것이 바로 기본 예의는 아닌가 싶다. 내가 하는 만큼, 또 받으면 받은 만큼 친절하게 응대해 주어야 하는 것은 아닐까?

친절과 도덕은 조금만 노력하면 된다. 게다가 돈도 안 든다. "안녕하세요" 하고 건넨 친절한 인사말 한마디에 모두가 유쾌하고 기분이 좋아져서, 서로가 만족을 느끼는 삶이 될 것이다. 오늘도 마주치는 사람에게 따뜻한 미소와 친절한 표정으로 인사를 건네 보는 건 어떨까?

불륜의 멍에

　얼마 전 종영된 TV 드라마에서 불륜과 혼외정사로 파탄 난 가정 이야기가 등장했다. 그러한 불온한 일을 겪은 후에도 가족들이 다시 뭉쳐 끈끈한 정을 바탕으로 살아간다는 이야기였다. 말이야 자기 편한 대로 산다고 하지만, 부부에게 딸린 어린 자식들은 대체 무슨 죄란 말인가.

　문제아는 대부분 결손 가정에서 생긴다. 소년교도소에 수용된 대부분의 수용자들이 결손가정인 경우가 많다는 사실이 이를 입증한다. 가정이 병들면 사회가 병들고, 사회가 병들면 국가도 망한다. 즉 가정이 무너지면 사회도 국가도 모두 무너지고 만다. 그러므로 혼외정사, 즉 불륜은 가정과 사회, 국가를 몰락시키는 원흉이다.

　교도관으로 근무하면서 소년 재소자들이 있는 거실 앞을 지날 때면 한창 공부하고 자유롭게 활동해야 할 청소년들이 좁은 공간에 갇혀 있는 모습이 그저 안쓰럽기만 하다.

　오래전 청송 감호소에서 근무할 때 알게 된 오 모 재소자의 이야기를 하려 한다. 그 재소자는 충남 천안이 고향인 좀도둑으로 감호를 받으며 살고 있었다. 면회 오는 이 한 명 없던 사고뭉치 재소자였다. 그러던 어느 날 그에게 노친이 면회 온다고 했다. 그는 평소 친어머니는 안 계신다고 말하곤 했다. 오 씨의 출생 배경을 짧게 언급하자면, 그는 가정이 있던 군인인 아버지와 처녀의 몸으로 근무하던 경찰 어머니 사이에서 불륜으로 태어난 자식이었다. 아이만 낳고 떠난 어머니는 다른 남자와 결혼하여 네 명의 아이를 출산했다고 한다. 그게 인연의 마지막이었던 것이다.

어른들 간의 불륜으로 배다른 형제들과 생활했지만 어울리지 못하고 겉돌다가 결국 감호소로 오게 되었다고. 35년 가까이 소식이 없던 친어머니가 교도소 측의 전산작업 과정에서 오 모 씨의 정보를 발견하게 되어 찾아온 것이다. 이미 다른 사람과 결혼하고 자녀를 넷이나 둔 그녀는 남편과 사별하고 경북의 어느 사찰에서 보살 생활을 하고 있다나. 아주 오래전에 저지른 불륜이지만, 그들 사이에서 태어난 아이는 현재까지도 이렇게 가슴의 응어리를 끌어안고 살아가야만 하는 것이다. 잘못된 관계는 한 사람의 가슴에 이토록 평생의 멍에를 지우기도 한다.

최근 음란성 성 체험기를 낸 어느 탤런트는 아주 떳떳하게 성에 대하여 이야기하고 있다. 그것은 아전인수 격으로 해석하여 '자기가 하면 로맨스'라는 착각이 아닌가? 문란한 사생활로 인해 개인과 가정이 파괴되는 참담한 비극이 도사리고 있다는 것을 정말 모르고 있는 것인가. 참으로 한심한 노릇이다.

얼마 전 신문에서 자기 딸보다도 더 어린 소녀와 원조교제를 즐기던 어느 가장이 그 소녀의 남자 친구들로부터 집단 구타를 당하고 금전적으로 갈취 당했다는 기사를 읽은 적 있다. 우리사회에 만연한 도덕적 해이가 정말 심각하다.

요즘은 공휴일마다 결혼식장이 만원을 이루고 있다. 비록 혼인 서약서에 포함되어 있지는 않지만 결혼을 한다는 것은 분명 결혼 후 혼외정사를 하지 않겠다는 약속을 전제로 한다는 것을 알아야 한다.

성에 관한 도덕관념이 땅으로 추락하고 원조교제나 불륜이 판을 치는 요즘 시대를 개탄하고 있는 사람이 얼마나 많은가? 지금 우리 사회에선 순결운동과 도덕성 회복운동이 소리 없이 번지고 있다. 혼전순결, 혼인 후 부부간의 순결은 너무도 성스러운 일이며, 이러한 순수함이나 도덕성의 회복운동은 어두운 우리 사회를 밝히는 등불과도 같다. 사회 곳곳에서 도덕성 회복운동이 확산되어 한 번쯤 제대로 된 사회에서 살아 봤으면 한다. 순수함과 올바른 도덕성이 확립된 사회에 웃음이 넘치기를 빌어 본다.

한 번만 해 주세요

청송보호감호소 근무 시절, 유난히 추운 어느 해 겨울이었다. 새벽 2시, 보안과에서 근무 중 교대를 와서 쉬고 있는데, 여사 사동에서 비상벨이 울렸다. 무슨 일이 생긴 걸까 하는 조급한 마음으로 달려가 보니, 여사 담당은 두 재소자를 가리키며 인간도 아니라며 흥분을 가라앉히지 못하고 있었다. 두 사람 모두 각각 수갑을 채우고 보안과 조사실로 연출했다. 사연을 알고 보니 여자끼리 동성애를 하다가 발각되었단다. 한 여자는 남자 역할을 하고 또 한 명은 여자 역할을 하며 변태적인 행동을 하는 것을 여직원에게 발각당했다는 것이다. 평소 힘이 센 여자 감호자가 몸이 약한 여자 감호자를 함부로 하고 자신의 성욕을 해소하기 위한 수단으로 삼으면서 발생한 사건이었다.

징벌 조치를 하기 위해 조사주임이 서류를 가지러 간 사이, 내가 계호하던 여자 감호자가 수갑을 차고 있는 상태로 나를 바라보았다. 그러더니 대뜸 알 수 없는 표정으로 야릇한 미소를 흘리며,

"담당님, 한 번만 해 주세요."

하면서 나의 바짓가랑이를 붙들고 늘어지는 게 아닌가?

"놔! 왜 이래?"

코미디 같은 이야기이다.

미쳐도 단단히 미친 여자들이다. 성에 아무리 굶주렸다지만, 교도소 조사실에서 아무나 붙들고 한 번만 해 달라고 애원하다니, 참 어이가 없었다. 사회에선 자유분방한 생활과 성의 쾌락을 누리고 살았을 것이다. 하지만 교도소에선 남자가 없고, 있어도 접할 수가 없다. 그러니 그 허전함이 더 컸으리라.

근무하면서 맨홀 작업이나 배수관 공사 등 피치 못할 사정으로 여사에 들어가는 경우가 종종 있다. 여자 수용자들 중 누군가는 남자인 나의 등장에 대단한 관심을 보이곤 한다. 내가 쓰고 있는 모자를 달라고 해서 건네주면 그 모자의 땀 냄새를 맡기도 하고, 쓸데없이 과잉 친절을 베풀기도 한다.

한 예로, 일을 하다가 땀이 나서 잠시 모자를 벗어 두면 살짝 와서 모자를 들고 가서 모자의 냄새를 맡곤 한다. 갇혀 있는 몸이라 남자가 그립고 생리적 욕구를 충족하고자 하는 마음 때문일 것이다. 누구에게든 이성에게 쏠리는 마음이 조금씩은 있는 것 아닌가.

자유로운 상태에서 남녀가 만나고 사귀고, 그 인연이 잘 성사되면 모두에게 축복받으며 결혼한다. 그렇게 부부가 되면 얼마나 좋은가. 그렇지 못하고 영어의 몸이 되어 교도소에 갇히게 된다면 정말 괴로운 일이다. 한 인간으로서의 기본적인 욕구조차 충족시키지 못하는 곳, 그곳이 바로 교도소이다.

5분간의 눈물

김천 소년교도소에 근무하면서 오늘 접견 근무를 했다. 여느 대도시의 교도소보다 띄엄띄엄 면회 오는 사람들이 있었다. 하루 종일 6명의 접견 근무자가 바삐 움직이며 일을 보았다.

오늘도 역시 평소와 다르지 않았다. 재소자나 면회 온 사람은 눈을 깜박이며 내게 면회 시간을 조금만 더 달라며 졸랐다. 근무하는 사람 역시 그들의 호소에 못 이겨 인정을 베푼다. 면회시간을 1~2분 정도 더 주고 근무한다. 천태만상의 갖가지 사연들, 때로는 어린아이까지 대동하는 면회자가 있다. 아이가 창살 너머로 "아빠"라고 부를 때면 근무자로서 가슴이 찡해지곤 한다.

낮 12시, 점심시간이 다 되어 갈 무렵이었다. 부자(父子)간의 면회가 있었다. 미결사동에 있는 어느 소년수와 그의 아버지의 면회 장면을 마주쳤다. 50살쯤 된 아버지와 이제 갓 고등학교를 졸업한 소년 수용자의 접견이 있었다. 그들은 인근 김천 지방에 사는 부자지간 같았다. 3호 접견실에서 만난 그들은 서로 마주본 채 울기만 했다. 아들은 연거푸 아버지, 하고 부르며 울었다. 아버지는

"울지 마."를 시작으로 말 한마디도 잇지 못한 채 계속해서 울기만 했다. 엄마는 아파서 면회를 오지 못하고 아버지 혼자 왔다며 아버지는 꺼이꺼이 울었다. 아들은 "내가 정말 잘못했어요. 앞으로 사회 나가면 잘 살게요."라며 접견 시간 5분 내내 울기만 했다.

면회 기록을 하면서 같이 따라 울 수도 없고, 참으로 곤란했다. 일단 죄를 짓고 교도소에 입소했지만 아직 때가 묻지 않은 심성을 가지고 순수하게 살아가는 사람이 있다. 자식이 부모를 면회 오고, 부모가 자식을 면회 오고, 부부간에 면회를 오는 모습도 심심치 않게 본다. 역시 섣부른 우정보다 가족이 좋지 아니한가. 뭐니 뭐니 해도 이 세상 국가를 이루어 나가는 데는 가정이 가장 기본이다. 가정이라는 기초가 있어야 사회며 국가가 번영할 수 있는 것이라고 본다. 조금 전 그 소년 수형자가 아버지에게 엄마는 왜 오지 않았느냐고 물으니 아버지가 대답하기를 와병 중이라고 했다. 초범이라 용서받을 수 있으니, 반성문을 잘 써서 보내라고 하고 거실에 들어가는 모습을 보면서 나름대로 느낀 바가 있었다. 이 재소자가 다시는 실수하지 않고 사회에서 잘 살아가길 바란다. 전문적인 범죄꾼이 아닌 한 소년범이기 때문에 초범자에 한해 용서와 관용을 베풀었으면 하는 바람이다.

짬뽕 한 그릇

오늘은 '부처님 오신 날'로 가석방이 있는 날이다. 성탄절이나 석가탄신일에는 연례적으로 가석방 심사기준을 통과한 재소자에 한하여 가석방을 실시하고 있다. 수형 생활 중 검정고시나 각종 자격증을 취득하고 모범 생활을 한 수용자에 한해 국가에서 형기 종료 전에 출소시키는 것이다.

나는 김천 소년교도소로 전출 온 지 아직 한 달이 채 못 되었다. 재소자들과는 안면이 적은 상태고, 급하게 전출되는 바람에 이사도 못 한 실정이다. 그래서 법무부 교정아파트에서 거주했다. 때문에 김천 소년교도소 맞은편에 있는 덕일반점에서 종종 식사를 하곤 했다. 그날도 야간근무를 마치고 아침 11시가 넘어서 퇴근하는데, 문득 배가 출출했다. 덕일반점에 들러 식사를 하고 갈 생각으로 가게 문을 열었다. 늘 앉는 자리에 앉고 신문을 펼쳐 들었는데, 모자지간으로 추정되는 사람들이 들어와서 앉았다. 아들로 보이는 사람은 20살쯤 되어 보였고, 어머니로 보이는 사람은 40대 중반쯤 되어 보였다. 어머니가 "아침은 먹었니? 뭐 먹고 싶니?"라고 물어보니, 아들은 짬뽕을 먹고 싶다고 대답했다. 곧이어 어머니는 당신 자신은 먼저 먹어서 배부르다며 짬뽕 곱빼기를 시켰다. 어머니는 다행이라는 표정 속에 슬픈 눈빛을 하고 있었다. 어머니는 아들의 얼굴을 쳐다보다가 이내 고개를 떨어뜨리며 조심스럽게 입을 열었다.

"고생 많았지? 이 어미가 면회 자주 못 와서 미안하다. 어미가 할 말이 없구나."

그러자 아들은 그런 어머니의 얼굴을 빤히 쳐다보지는 못하고, 콧물을 훌쩍이며 답했다.

"괜찮아요. 이제 다시는 이런 데 오지 않을게요."

불과 한 시간 전 출소한 재소자와 어머니였다. 교도소 입소 후 체격이 커졌으므로 인근에서 간편한 옷을 사 입고 식사를 하러 온 것이었다. 잠시 후 짬뽕 한 그릇이 나와서 아들은 맛있게 먹고, 어머니는 그런 아들의 모습을 물끄러미 바라보았다. 이제 더 이상 재소자가 아닌 평범한 청년과 어머니였다. 짐작컨대 아버진 안 계신 모양이었다. 줄곧 아버지 이야기를 하지 않는 걸 보니……. 말 없이 아들의 먹는 모습을 지켜보던 어머니가 입을 뗐다.

"너의 아버지가 살아 계셨더라면 이런 곳까지 오지 않았을 텐데……. 이제 성질부리지 말고 우리 잘 살아 보자."

모자는 총총히 덕일반점을 나갔다. 모자는 이제 다시 상봉하고 인생이라는 항로를 향해 새로이 걸어가는 길이었다. 잠시 후 나도 주문한 음식을 먹고 아파트로 향했다. 문득 옛날에 읽은 『우동 한 그릇』이라는 제목의 책이 생각났다. 이 책은 일본 동경의 어느 허름한 식당 주인의 이야기를 실은 것이다. 이야기는 다음과 같다.

어느 해 섣달 그믐날, 어린 아이 둘과 어머니가 어느 중국집에 들러 우동 한 그릇을 시켜 놓고 셋이서 말없이 나누어 먹었다. 그 다음 해 섣달 그믐날, 그 세 사람이 식당에 들러 우동 한 그릇을 시켜 놓고 조금은 표정이 좋아진 상태로 "우리 조금만 참고 견디자. 이제 좀 나아질 거야." 하고 맛있게 먹고 나섰다.

그리고 역시 그다음 해, 섣달 그믐날에 그들은 식당에 다시 나타나서 이번엔 우동 두 그릇을 시키고 "조금만 더 고생하자. 이를 악물고 참자."라고 다짐하며 우동 두 그릇을 비우고 가게를 나갔다. 그 사이 고만고만하던 아이들은 초등학생이 되고 중학생, 고등학생이 되었다. 세월이 무심히 흐르는 것을 느낄 수 있었단다. 중국집 주인은 섣달 그믐날이 되면 그 손님들을 기다리곤 했다. 궁금하고 잊힐 만하면 나타나던 세 모자. 그 후 매해 같은 날이 되면 주인은 그 세 모자가 앉던 자리에 예약석을 걸어 두고 기다렸지만, 어쩐 일인지 세 모자는 오지 않았다. 그렇게 몇 년의 세월이 지나고 이제 아주 안 올 것이라는 생각을 굳힐 때, 초로의 할머니와 장성한 두 아들이 이곳 중국식당에 들러 그간의 이야기를 했다. 어머니는 "너의 아버지가 사업에 실패하고 빚쟁이에 쫓기다 자살했을 때 모든 것을 포기하고 싶었단다. 그래도 너희들이 아무 탈 없이 성장해 줘서 고맙구나."라고 옛날이야기를 하면서 맛있게들 우동 세 그릇을 먹더라고. 큰아들은 국가시험에 합격하여 의

사가 되고, 둘째는 교토의 은행원이 되어 모두 사회생활을 잘하고 있었다고 한다. 이들은 처음 이 식당에 왔을 때 먹은 우동 한 그릇이 용기를 주었다고도 말했다.

어머니들은 어려운 환경 속에서도 굴하지 않고 훌륭하게 자식을 키워 나간다. 대단한 존재라고 할 수 있다. 방금 출소한 재소자 역시 옥바라지 해 준 어머님의 정성으로 다시는 이곳에 오지 않을 것이다. 앞으로 그 재소자가 사회생활을 하는 데 우동 한 그릇보다 더 귀한 짬뽕 한 그릇이 되길 바란다.

편지에 정성을 싣고

요즘 우리나라 사람들도 SNS를 통해 서로 신속하게 연락을 주고받는다. 하지만 누군가 직접 한 자 한 자 손으로 쓴 편지의 정성과 감히 비교할 수 있을까.

교도관으로 근무하다 보면 재소자들이 편지를 정성 들여 쓰는 경우를 많이 본다. 연말연시가 되면 누구보다도 편지를 많이 쓰는 사람은 바로 교도소에 수감된 재소자들일 것이다. 그들은 저녁시간에 밤새워서 편지를 한 자 한 자 써 내려간다. 세상 밖으로 소식과 생각을 전한다. 날개 없이 날지 못하는 새가 날기 위해 더욱더 애쓰듯이 그들 역시 마찬가지 아닐까. 자유가 없기에 자유를 찾으려 더욱더 정성스럽게 편지를 쓰는 것은 아닐까. 그런데 막상 답장은 잘 오지 않는 편이다. 열 통 보내면 한 통 오는 정도랄까. 가는 글이 있으면 오는 글도 있는 법이련만, 답장은 상대적으로 훨씬 적게 오는 편이다. 요즘 같이 편리한 세상에 편지를 쓴다는 것이 사실 쉬운 일은 아니라고 생각한다.

가끔씩 서신을 검열할 때면 구구절절한 내용의 편지를 마주한다. 돈 좀 보내 달라는 편지, 애인에게, 부모에게 보내는 편지 등 많은 편지를 접하면서 그들을 한층 더 이해하게 되었다. 그리고 나는 만일 내게 편지가 오면 답장만큼은 꼭 정성스럽게 한 자 한 자 써주리라 다짐해 본다.

1호 법정 안, 휴대폰 소리

적막이 흐르는 1호 법정 안, 방청객이나 교도관, 변호사, 특 피
고인석에 앉아 있는 피의자들 모두 마른기침을 삼키며 재판장이
입장하길 기다리고 있다. 잠시 후 법원 정리가 일동 기립, 착석을
외쳤고, 재판장의 개원선포와 함께 재판이 진행된다.

재판장의 인정신문, 검사의 공소제기, 변호사의 변론, 모든 순
서와 과정 등이 일사천리로 진행되어 간다. 재판이 끝난 사람은
법원 피고인 대기실로 가고, 또 대기 중이던 다른 피고인에 의해
재판정에 서게 된다. 재판이 20~30분씩 척척 진행 중일 때였다.
갑자기 방청석에서 "띠리릭—", "삐리리릭" 하고 휴대폰 두 대가
울리는 소리가 났다. 법정 안의 모든 시선들이 휴대폰 소리가 나
는 쪽으로 쏠렸다. 말쑥하기로 소문난 재판장 손 모 판사가 안경
너머로 그 방청객을 쳐다본 후, 아무 일 없다는 듯이 다시 진행한
다. 한창 심리가 진행 중이었는데, 다시 한 번 휴대폰이 울린다.
재판장은 하던 일을 멈추고 방청객을 노려본 후 헛기침을 하고 다
시 심리를 시작한다. 바쁘게 돌아가는 심리 검사의 매서운 눈초

리, 변호사의 변론. 그런데 문제는 이때 발생했다.

다시 휴대폰 노랫소리가 흘러나온 것이다. 세 번째였다. 방청객들은 혹시 자기 휴대폰 소리가 아닌가 하고 어리둥절해 하며 일대 소란이 일어났다. 엄숙해야 할 법정이 휴대폰으로 인해 몹시 어수선해졌다. 잠시 후 판사가 방청객들을 살펴보며 한층 높은 소리로 말했다.

"누굽니까? 일어서세요. 교도관, 당장 법원 유치장에 감치시키도록 하세요."

그 방청객은 결국 휴대폰 때문에 수갑을 차고 유치장에 감치되는 신세가 되었다. 방청객은 자기 동네 후배가 재판받는 것을 방청하러 왔다가 이렇게 되었다는 변명 아닌 변명을 늘어놓는다.

공공장소에서 다른 사람을 의식하지 않고 자기 멋대로 행동하는 사람들이 있다. 조금만 주의를 기울이고 조심한다면 편리한 세상에서 문명의 이기를 다 누릴 수 있을 텐데 말이다. 예를 들어, 병원에서 휴대폰을 사용하면 전자파에 의해 의료기기가 이상 작동을 하고, 비행기에서는 추락의 위험이 있다. 그뿐인가, 자제가 부족한 휴대폰 사용은 전철이나 버스와 같은 대중교통 안에서도 소음 공해를 일으킨다. 언젠가 한 지인으로부터 들은 얘기다. 자신의 친척이 죽어서 문상을 갔는데 분향소 앞에서 휴대폰 음악소리가 흘러나와 웃음을 참느라 무척 애를 먹었단다. 나 아닌 타인도 생각할 줄을 알아야 한다. 공중의식을 생각해서 휴대폰 사용에 세심한 주의를 기울여야 할 것이다.

라면의 위력

군대를 갔다 온 사람이나 교도소를 갔다 온 사람들은 라면 먹는 것을 무슨 보약 먹듯이 한다. 체육대회의 상품이나 각 공장에서 작업 상여금으로 주는 봉지라면, 그리고 구매해서 사 먹을 수 있는 컵라면 등을 자주 먹는다. 사회에서 한두 번 혹은 서너 번 끓여 먹으면 질리는 음식이건만, 교도소에서는 무슨 보약 먹듯이 다들 물리지도 않고 잘만 먹는다.

특별히 냄비 등 주방 기구가 있는 것이 아니어서 주전자 물이 펄펄 끓을 때 봉지라면을 집어넣고 끓인다. 때로 돼지고기 등이 지급되면 몇 시간 정도 보관하고 있다가 김치 등과 버무려 찌개를 끓여 먹곤 한다. 원래 연탄난로에 음식물을 취사해서는 안 되지만, 교도관들이 종종 묵인해 준다.

20여 년 전 군대 생활을 할 때였다. 양은 세숫대야에 찬물과 라면을 넣고 활활 타오르는 페치카에 삽으로 올려놓고 끓여 먹었던 기억이 있다. 집에서는 그렇게 먹기 싫었던 라면이 교도소에 출근하면 왜 이리 냄새부터 맛있게 느껴지는 것일까?

그들이 꿈꾸는 세상, 코리안 드림

교도관으로 근무하다 보면, 새삼 세계화·국제화된 세상을 실감할 수 있다. 교도소에서 만나게 된 중국인 당○곤, 태국인 탱○샤, 파키스탄인 알○와 사○트, 필리핀인, 심지어 최근의 조선족 동포들까지 수많은 외국인들을 접하게 된다. 여기에 있다 보면 외국인들이 우리말을 배우는 경우가 있다. 한국말을 전혀 모르는 탱○샤가 안동에서 살면서 안동 사투리를 멋지게 구사한 경우도 이에 해당한다. 마치 어린아이가 자연스레 말문을 트는 것처럼 외국인들도 우리와 같다.

요즘은 많이 줄었지만, 전에는 동남아시아 사람들이나 조선족 동포들이 돈을 벌기 위하여 우리나라에 많이 들어왔다. 즉, 밀입국 사례가 많았다. 불법으로 입국한 사람들은 힘들게 생활하면서도 돈을 벌어 고향에 돌아가고자 하는 꿈을 지니고 있다. 그런 불법 취업자들 때문에 정부는 골치가 아프다. 갖가지 사고도 많았던 것 같다. 인천을 떠나 필리핀을 경유해 미국으로 가는 대형 상선 창고 안에서 동남아시아인 남자의 시체가 발견되었다. 그런데 그의 소지품은 전대(돈주머니) 하나뿐이었다. 그는 이 전대를 꼭 껴안고 숨겼던 것이다. 경찰이 조사한 결과, 필리핀에서 밀입국한 그의 사망 원인은 극심한 영양실조로 인한 아사(餓死)였다.

주변 사람들의 말에 의하면, 그는 얼마 전까지 인천의 부두에서 하역 작업을 했었고, 그의 전대에는 무려 3천 달러가 들어있다고 했다. 우리 돈으로 자그마치 360만 원이 넘는 돈이었다. 고된 작업을 하고 받은 돈으로 국밥 한 그릇 사 먹지 않고 매일 컵라면으로 끼니를 때웠다고 한다. 고향에 있는 가족을 생각하면 결코 음식이 목구멍으로 넘어가지 않았다는 것이 그 이유였다.

그는 며칠 전부터 심한 감기 몸살을 앓았는데 그 흔한 아스피린도 한 알 사먹지 않고 버티었다고 했다. 그러다가 어느 날 갑자기 보이지 않게 되었다고, 그러더니 이렇게 며칠 사이에 싸늘한 주검으로 발견된 것이다. 아마 고향으로 돌아가는 뱃삯을 아끼려고 몰래 배를 탔다가 굶주림과 추위, 감기 몸살로 아사한 모양이다.

언젠가 파키스탄의 쥬비가 자기들의 권리에 대해 사사건건 연구하고 이야기했던 기억이 난다. 한국말을 포함해 6개 국어를 능수능란하게 구사하던 파란 눈의 외국인도 있었다. 언젠가 거실수검을 할 때 영어사전과 국어사전을 보니, 얼마나 책을 많이 봤는지 책에 손때가 묻고 너덜너덜하였다. 그의 말에 의하면, 대한민국에서 얼마간의 돈을 모으고 송금하면 자기의 고국에선 그만큼 여유롭게 생활할 수 있다고 한다. 우리가 외제차 등 근본 모를 문화에 휩쓸려 흥청망청 낭비하고 있을 때, 다른 나라 사람들은 아스피린 한 알 아끼고 먹고 쓸 것을 적게 쓰면서 우리를 추월해 나가는 게 아닌가 싶다. 그들이 출소하여 한국을 떠날 때 한국에 대한 좋은 인상을 가질 수 있도록 기원해 본다.

무기수 천 모 씨

내가 근무하는 안동교도소에서 청소를 제일 잘하는 사람을 꼽으라면 단연 1위는 무기수 천 모 씨이다. 그는 이제 나이 60이 갓넘은 남성으로 인생의 황혼기에 접어들었다고 볼 수 있다. 그는 살인 및 사체유기로 무기형을 선고받고 17년째 복역 중인 재소자이다.

그는 가구 만드는 공장에 출역하자마자 교도소에서 쓰는 대빗자루를 들고 이곳저곳을 청소한다. 눈이 오나 비가 오나 그의 청소는 멈출 줄을 모른다. 직원들에게 인사도 잘하는 편이다. 그는 1급수로서 생활이 안정되고 가석방으로 출소시켜도 무방하리만큼 수형 생활에 모범을 보이고 있다.

내가 안동교도소에 첫 발령을 받고 보안과 안내 직원과 함께 공장을 둘러볼 때 들은 이야기이다.

"정 부장, 저기 저 사람이 몇 년 전 교도소를 탈주한 ○○○ 형이래. 아무래도 형제간에 성격이 너무 다른 것 같아. 어떻게 범죄를 저질렀는지 의심이 간다니까? 도대체 교도소에 들어올 사람은 아닌 것 같아."

몇 년 후 정신 교육대 근무를 하면서 그 무기수 천 모 씨를 교육시키게 되었고, 정신 교육을 준비하는 과정에서 그 재소자의 신분 카드를 찾아서 읽어 볼 기회가 있었다. 신분 카드에는 범죄와 재판 과정이 기록되어 있었다. 그 기록에 의하면 이러했다. 몇 년 전 동생과 형은 함께 재판장에 서게 되었다. 두 사람은 서로 자기가 어떤 여자를 죽인 후 사체유기 하였다고 주장했다. 둘 다 무기형이 선고되어 서로 다른 교도소에 복역하였던 것이다.

어쩜 그때 당시 전과가 많고 기소중지까지 하게 된 동생이 단독 범행이라고 했다면 동생에게 사형이 선고되었을지도 모른다. 재판을 담당하고 있는 판사 입장에서도 참 애매했을 것이다. 형제 두 사람 모두 자신이 죄인이라고 주장하니, 판사가 내릴 수 있는 판결은 그저 무기징역이었을까.

언젠가 무기수 천 모 씨를 연출할 기회가 있었다. 그에게 이상하다고 조용히 물어보니, 그가 눈물을 글썽거리며 "어쨌거나 사람이 살고 봐야 되잖아요!"라고 대답했다. 아무리 그래도 저승보다 이승이 낫다고 자기 동생을 살리기 위해 거짓 증언을 했으리라는 추측도 해 본다. 아니, 어쩌면 이 사람이 진짜 범인일 수도 있다. 범인이 맞으니 여기 이곳에 있는 것이 아닐까?

사연인즉, 동생과 애인의 잘못된 만남으로 인해 노모 밑에 있던 두 아들은 교도소로 가게 되었다. 천 모 씨의 큰아들은 스무 살이 넘은 청년이 되었으며, 노모는 생사조차 모른다고 한다. 가끔 교도관으로 근무하면서 천에 하나 '과연 이 사람이 정말 진범일까?' 하고 의혹이 가는 경우가 있다. 검찰과 법원 또는 경찰이 수사를 잘하고 재판을 했겠지만, 행여나 하는 생각이 든다.

천 모 씨는 내가 15년 간 근무하면서 처음 겪어 보는 사람이었다. 어쩌면 그는 자기 아우를 위해 대신 살고 있을지 모른다는 생각이 든다. 그는 40대 중반에 교도소에 들어와 50세가 넘는 나이가 되어 출소한다. 불행이 불행의 씨앗을 낳는 법이다. 가출한 부인, 생사조차 모르는 노모에다가 아들까지……. 불행은 끝나지 않았다.

이처럼 한 개인이 죄를 지으면 당사자의 가족 모두가 애를 태운다. 분명 머지않아 천 모 씨는 출소할 것이다. 출소하면 그가 아들을 찾아 부디 행복하게 살아가길 기원한다.

콩밥 먹일 거야?!

연령층이 높은 청송 보호감호소, 장년층인 안동교도소 그리고 김천 소년교도소, 이 세 교도소를 근무하면서 음식 취향을 알게 되었다. 장년층과 노년층이 있는 감호소나 교도소에서는 머리 고기나 돼지고기 삶은 것 등을 좋아하고, 소년교도소에서는 신세대에 걸맞게 돈가스나 생선가스 등 그 연령에 맞는 음식을 선호한다.

아주 어렸을 적 어른들끼리 싸우고 한쪽이 잘못하면 "너 이놈의 자식! 경찰에 신고해서 콩밥 먹일 거야!"라는 소리를 듣곤 했다. 교도관으로 입사해서 보니, 교도소에서 재소자에게 콩밥을 먹일 일은 없다. 1985년도까지는 콩밥을 먹었다고 하나, 그후 쌀 80%, 보리 20%의 혼합식을 제공하였고, 2015년 현재에는 100%쌀밥을 제공하고 있는 실정이다. 시대가 변하다 보니 포장된 훈제(닭, 돼지고기)나 김치 등 반찬류도 구매해서 먹을 수 있다. 교도소 측에서 제공하는 식사도 시대에 맞게 영양사가 골고루 돌아가면서 관리되어, 깔끔하고 맛있게 제공되고 있는 실정이다. 때로 어떤 재소자는 집에서 먹는 것보다 낫다고 하기도 한다. 하지만 어머님이

나 자기 부인, 가족이 해 주는 따뜻한 정이 담긴 음식에 감히 비할 수 있을까. 모두가 빠른 시일 내에 출소하여 가족의 정성이 담긴 음식을 먹길 바란다.

맨땅의 다이빙 선수

(김천교도소 근무 시절)

"따르릉, 따르릉—."

비상벨이 울린다. 휴게실에서 장기 두던 직원과 바둑 두던 직원, 컴퓨터 게임에 몰두하던 직원, 경비교도대기동대, 직원기동타격대가 모두 신속한 몸놀림을 보인다. 2층의 실내 운동장에서 한 재소자가 투신자살을 시도했기 때문이다.

"들것을 준비해라."

다급한 목소리가 들렸다. 촌음을 다투는 시간이었다. 앰뷸런스 시동이 걸리고 신속히 들것에 실려 온 사람은 이 모 재소자. 인쇄공장의 평소 말이 없던 이 모 씨이다.

가족이 면회도 오지 않고 자기가 저지른 죄에 대한 죄책감 등 우울증 증세를 보이던 재소자가 운동시간에 투신자살을 시도한 것이다. 건물 옥상에서였다. 무기수로서 앞날이 보이지 않고 가족도 외면하기에 세상 살기 싫어 죽음을 선택했나 보다. 마치 다이빙 선수처럼 뛰어내려 그대로 머리를 박고 죽으려고 한 모양이다. 본인의 질병에 대한 두려움, 형기에 대한 중압감을 이기지 못하고 끝내 투신자살을 시도한 것이다.

의무과 직원과 함께 안동시내 외부 병원에 방문했다. 진단 결과는 타박상. 아파트 3층 정도 높이에서 다이빙 선수처럼 몸을 던졌는데 이상하리만큼 타박상밖에 없었고, 보름 동안 병동에서 지켜보았지만 별다른 이상은 없었다. 아마 저승사자도 이 사람의 목숨은 원치 않는 것 같았다.

때로는 이렇게 황당하게 목숨까지도 내버리려고 하는 사고가 발생한다. 이럴 경우 관계 직원도 근무 태만이라는 이름으로 징계가 따른다. 어쨌든 재소자 스스로 형기에 대한 중압감이 있더라도 잘 견뎌냈으면 한다. 무기수도 잘만 하면 어느 정도 형기를 단축할 수 있으니 희망을 가지고 생활하기를 교도관으로서 바랄 뿐이다.

커피 한 잔의 미운 정 고운 정

변소는 왜 설치되어 있을까? 만약 내가 화장실을 사용하고 있는데 누가 나를 보고 있다면 기분이 어떠할까? 아마 몹시 기분이 나쁠 것이다. 인간이라면 누구나 자기 치부를 감추고 싶어 하는 법이다.

내가 담당하고 있는 42살의 최 모 재소자는 도둑질을 하다가 주인의 신고로 경찰에 쫓기던 처지였다. 경찰을 피해 달아나던 그는 담장에서 떨어진 후로 계속 허리통증이 심했었다. 그래서 정식으로 의무과 진찰 후 정확한 검사를 위해서 사회 병원으로 갔다. 교도소 환자복에 수갑을 차고 포승까지 해서 병원 이곳저곳에서 조직검사, 혈액, 소변 등 여러 가지 검사를 하러 다녔다. 검사를 하려다보니 자연스레 사회의 민간인들과 얼굴을 마주칠 수밖에 없었다. 재소자가 수갑 찬 모습을 보이는 것이 정서상 좋지 않다고 판단되었다. 잠바로 수갑 있는 곳을 가리기도 하였다. 병원 대기석에서 기다리던 그가 문득 커피 자판기를 쳐다봤다. 커피를 마시고 싶은 모양이었다. 그 모습이 꼭 어린아이 같기도 했다. 감독 주임에게 허락을 맡고 석 잔을 뽑아 한 잔씩 나누어 마셨다.

어쩌다 TV나 영화에 나오는 교도관의 모습이 이상한 사람으로 취급되기도 하나, 교정직 공무원으로서 근무에 임할 때 영화와 같은 모습은 안 보인다. 교도소에서도 법의 테두리 내에서 인간미 넘치고 따듯한 정이 있다. 그리고 오랜 세월 한 교도소에서 교도관과 재소자로 만나 생활하다 보면, 서로가 무슨 말을 하려는지 모습만 보아도 알 수 있다.

흔히 미운 정 고운 정 든다고들 한다. 그것은 어쩌면 상대방과 특정 공간에서 특정 시간에 만나기 때문이 아닐까? 서로를 이해할 수 있는 그런 정이, 사회에서뿐만 아니라 교도소 안에서도 생기곤 한다.

다시 보는 얼굴

오랜만에 사람을 만나면 반갑기 마련이다. 교도관과 재소자의 관계 역시 이와 다르지 않다.

교도관으로 근무하면서 한 교도소에서 있다 보면 자연스레 재소자의 신상에 관해 알게 된다. 비록 자세히 알지는 못하더라도 재소자의 담당 근무자가 되는 등의 사유로 안면은 익히기 마련이다. 다른 교도소로 발령받았을 때, 그 교도소에서 옛날에 알고 지내던 재소자를 다시 보았을 때 반가운 한편으론 어색하기도 했다.

재소자의 걸음걸이, 옆모습만 보아도 아는 얼굴이다. 그런데 아무래도 마주치지가 무안한지 고개를 옆으로 돌리고 나를 등진 자세다. 마치 손바닥으로 태양을 가리려는 듯한 모습을, 나는 잊지 못한다. 나는 타 교도소에 전출을 가고 수용자는 그 지방에서 죄를 짓고 다른 교도소에서 또 만났다. 그 재소자와 나 사이에서는 일말의 반가움이 있었으리라. 아마도 '한번 출소하면 다시 죄짓지 않고 교도소에 들어오지 않았으면…….' 하고 바라는 교도관의 마음을 알기에 어색해하는 것이리라.

둘, 엄마가 보고 싶어요

우리 교도소

난동 진압

한창 휴게실에서 휴식을 취하고 있을 때였다. 느닷없이 보안과 서무교사의 방송이 이어졌다.

"3상 1실에 난동이 일어났습니다. 직원들 출동하세요."

휴게실에서 휴식을 취하던 직원, 사무실에서 사무를 보던 직원, 경비교도대의 기동타격대에다가 심지어 사복직원까지 전 직원이 비상이다. 손에 교도봉, 수갑, 포승 가스총을 휴대하고 전속력으로 달려 현장에 도착한 직원들은 해당 재소자를 제지한다. 현장에 도착하면 차마 눈 뜨고 볼 수 없을 정도로 난장판이다. 밥을 먹던 재소자들 간에 싸움이 붙어 밥그릇, 국그릇 다 내던지고 창문틀을 떼어 내어 치고받고 있다. 교도관의 제지에도 불구하고 흥분하여 직원들에게까지 극렬히 저항했다. 결국 무술 교도관이 거실에 들어가 한 사람씩 끌어내 조사하고 징벌 조치하였다.

평소 수감 생활을 잘하다가도 순간적으로 화가 폭발하면 폭력을 휘두르고 문제를 일으키곤 한다. 사회에서도 젊은이들이 많이 모이면 별일이 다 있는데, 각양각색의 재소자 천여 명을 수용하고 있다 보면 이런 일쯤이야 심심찮게 일어나곤 한다.

　이럴 때일수록 교도관들 모두가 단합하고 일사분란하게 움직여 최대한 사건을 확대시키지 않는 것이 중요하다. 별일도 아닌 일이 확대되기도 하기 때문에 모든 사고를 미연에 방지해야 하고, 무엇보다도 교육을 통하여 재소자들의 심성을 순화시키는 것이 중요하다.

호송차 안의 풍경

이 세상에서 이사 다니길 좋아하는 사람은 아무도 없을 것이다. 싫든 좋든 지금까지 살던 자기 보금자리를 떠나지 않으려고 하는 것이 인간의 본능이기 때문이다.

오랜 시간 교도소 생활을 하다 보면 짐이 늘고 재소자들 사이에 정도 든다. 때문에 다른 교도소로 이송되는 것을 무척 꺼리게 된다. 군대에서 훈련이나 비상시 또는 등산할 때 준비하는 과정 등을 생각하면 이해가 될 것이다. 이송 당일 이송자 명단을 불러 주면 "나는 못 가요. 내가 왜 갑니까? 내가 잘못한 것이 뭐 있습니까?"라며 항의하듯 말하는 재소자들이 있다. 그런 반면, 담담히 자기 짐을 꾸리는 재소자들도 있다.

막상 징역 보따리를 메고 차에 오르면, 교도관들이 재소자들에게 멀미약을 먹인다. 짧게는 몇 년, 길게는 10년 이상을 징역살이하다가 오랜만에 담 밖을 벗어나 차를 타면 멀미를 하고 구토를 하기 때문이다. 요즘 같은 시대에 차멀미하는 사람은 아마 재소자들밖에 없지 않나 싶다.

다른 지방 교도소로 이송시킬 때 꼭 마주치는 장면들이 있다. 차멀미를 견디다 못한 재소자가 비닐봉지 속에 얼굴을 대고 토하는 모습, 그런 재소자의 등을 두드려 주는 교도관의 모습이 바로 그것이다. 그런 과정을 거치는 사이 호송차는 어느덧 목적지인 교도소에 도착하게 된다.

한일 교정 직원 친선 무도 대회를 마치고

지난 10월 9일부터 약 한 달 가까이 대구교도소에서 합숙훈련을 하게 되었다. 1978년부터 한·일 양국 교도관의 친선 교류를 위해 실시해 온 한일 교정 직원 친선 무도 대회에 참가하기 위해서였다.

유도와 검도, 두 종목으로 실시되는 정기 교류전은 한 해는 일본에서, 또 한 해는 한국에서 실시해 왔다. 올해는 우리나라에서 개최하여 일본에서 유도 및 검도 1개 팀을 이끌고 와 우리나라의 법무연수원 팀, 서울구치소 팀, 대구교도소 팀 등 3팀으로 나누어 시합을 갖기로 하였다. 지난 6월 20일, 선발전을 거쳐 선수 구성을 하였다. 나는 여기서 선수로 선발되는 기쁨을 누렸다. 수많은 교도관들 중 직장에 근무하면서 국제시합을 해 볼 수 있는 영광과 일선 현장에서 상무정신을 함양할 수 있는 좋은 기회였다.

지난 10월 9일, 대구교도소장님을 모시고 발대식을 가졌다. "열심히 훈련하여 정정당당히 시합에 임하며 상무정신에 입각한 훌륭한 기량을 펼쳐 달라."는 소장님의 당부 말씀을 듣고 곧바로 합숙 훈련에 돌입하였다.

합숙 기간 동안 숙소인 대구교도소 교정 APT인 관사에서 여장을 푼 후, 대구교도소 송갑용 사범을 훈련지도 사범으로 모시고, 곧바로 피나는 맹훈련을 실시하였다. 준비 운동, 낙법, 굳히기, 조르기, 꺾기, 메치기, 익히기, 예절 교육 등으로 반복되는 훈련은 오전 9시부터 11시 30분까지, 오후 1시 30분부터 4시 30분까지 이어졌다. 훈련을 마칠 무렵이면 도복은 온통 땀범벅이 되었다. 오랜만에 운동을 해서일까. 숨이 차고 관절 부위에 통증이 오는 것을 느낄 수 있었다. 그러나 오후 5시쯤 운동이 끝나고 목욕을 할 때면 하루가 그렇게 상쾌할 수가 없었다.

10월 11일부터는 전국 교도관 무도 대회에 출전하는 대구교도소 자체 선수들과 함께 훈련을 하게 되어 훈련 효과를 더욱 극대화시킬 수 있었다. 더불어 그들과 우정도 나눌 수 있는 더 좋은 계기가 되었다. 우리는 서로 몸으로 부딪치며 기량을 다듬어 나갔다.

또한 저녁식사 후 소내 웨이트트레이닝실에서 바벨 등 온갖 운동기구를 가지고 체력단련을 하며 우리 선수들보다 더 열심히 운동을 하시는 송갑용 사범을 만날 수 있었다. 그분을 보며 많은 것을 느꼈다. 40대 중반이면서도 어떻게 저런 몸을 가꾸고 유지하시는지 늘 부럽기만 하던 차였다. 몸매 유지가 가능할 수 있었던 것이 바로 평소의 꾸준한 관리와 실천 덕분이라는 사실을 새삼 절감한 것이다.

합숙훈련 중 숙소 생활은 타지에서 온 직원들과 함께했다. 김천

교도소에서 온 두 사람의 직원, 부산교도소에서 온 두 사람, 대구한 명, 안동 두 명 등과 함께 생활했다. 그들 모두 자신들의 체력 관리를 위해 술, 담배를 일절 하지 않는 것처럼 보였다. 역시 자기 체력 관리가 중요하다는 생각이 들었다. 아마도 선수로서 몸이 생명이므로 철저한 몸 관리를 하는 것이라 느꼈다.

짧은 기간이었지만 숙소에서는 저녁에 삼겹살을 사 가지고 와서 함께 구워 먹고 라면을 끓여 먹었다. 가정을 떠나 오로지 남자들끼리만 사는 색다른 재미를 느껴 볼 수 있었다.

저녁 10시 30분에서 11시경에 취침하여 아침 7시에 기상, 대구교도소 주변을 따라 아침의 신선한 공기에 상쾌함을 느끼며 뜀걸음을 하고 땀을 흘린 후 샤워를 할 때는 정말 하늘을 날아갈 듯한 기분이었다. 또한 훈련 중 대구지방청장님, 대구교도소장님, 구치소장님들의 격려를 겸한 회식 자리를 통해 보람을 느꼈다.

드디어 짧은 합숙기간이 끝나고 결전의 날이 다가왔다. 이미 서울구치소, 법무연수원 팀이 2승 5패, 1승 1무 5패로 좋지 않은 성적을 거둔 참이라 긴장하지 않을 수 없었다. 11월 6일 오후, 일본 선수단이 도착했을 땐 너무 긴장된 탓에 오줌이 자주 마렵고 갑자기 발가락에 쥐가 나는 것 같았다.

오후 3시 30분, 개회식이 시작되면서 양 국가가 울려 퍼졌다. 그리고 초조함과 긴장감을 채 떨쳐 버릴 새도 없이 유도부터 시합을 하게 되었다. 선봉 비김, 종기 이김, 다음은 내 차례다. '얍!' 하고 기합을 넣고 밀고 당기기를 거듭하다가 먼저 밭다리로 절반을 딸 수 있었다. 다시 할 때는 숨이 차오르고 유도경기 시간 4분이 왜 그리도 길게 느껴지던지……. TV를 볼 때는 너무도 잘 가던 시간이 오늘따라 내 시합에서만 유독 힘들고 길게만 느껴졌다. 또다시 절반을 성취하여 한판으로 경기를 끝냈지만, 끝까지 최선을 다하는 아시다 이치로 선수에게 나 자신도 혼쭐이 난 셈이었다.

4번 승, 5번 패, 6번 패, 7번 승. 단체전 최종 결과는 4승 1무 2패로 역대 성적 중 꽤 괜찮은 성적을 거두었다. 유도 경기 후 검도 시합이 끝날 때까지 양국 선수들은 조용히 앉아서 시합을 참관하였고, 모든 시합이 끝난 후 송갑용 사범을 헹가래 치면서 승리를 자축하였다.

모든 순서의 마지막 일정으로, 저녁에는 대구교도소장님과 함께 대구 시내 크리스탈 호텔에서 열리는 리셉션을 가졌다. 각자 자신의 파트너인 일본 선수들과 동석하여 선물을 교환하며 식사와 함께 이야기꽃을 피웠다.

또한 시합 때의 전의는 모두 접어두고 양국 선수가 혼연일체가 되어 '돌아와요 부산항에', '함께 춤을 추어요' 등의 한국 가요와 '요코하마' 등 일본 가요를 함께 부르며 즐거운 여흥시간을 갖기도 하였다. 더불어 교정에 관한 양국의 이야기도 나누었다.

때로 일본 선수들과 대화가 잘 통하지 않을 때도 있었다. 진작 일본어만큼은 공부를 해 둘 걸 하는 때늦은 후회도 밀려왔다. 모든 순서를 마치고 다시 본연의 자리로 돌아왔을 때 비록 짧은 기간이었지만 선수로 선발되어 친선 무도대회에 참석하게 된 것을 영광으로 생각했으며, 이 경험을 되살려 재소자들과 함께 호흡하며 인도자로서 자신 있게 근무하여 직원들에게도 무도 운동을 장려하여 좋은 직장으로 가꾸어야겠다고 생각했다.

나 자신을 위해서라도 평상시에 20~30분만이라도 열심히 체력 단련을 하자. 건전한 육신을 함양하여 건전한 교육으로 승화시키자. 그리하여 한 점 부끄럼 없는 교도관으로 거듭날 것을 재삼 다짐해 본다. 교도소라는 곳은 특수한 근무지이기에 정신뿐만 아니라 육체적으로도 재소자를 제압할 수 있는 능력을 배양하여야 한다. 그래야만 자신 있게 근무할 수 있는 것이다. 그러니 평상시에 더욱더 유도 훈련에 열중해 보리라.

한겨울 밤의 응급환자

오늘은 야간근무다. 1월의 매서운 한파는 교도소에서 재소자나 교도관들을 더욱더 움츠러들게 하는 것 같다. 교도소에서 봄, 여름, 가을에 비해서 겨울이 유난히 길게만 느껴지는 것은 왜일까? 아마 건물이 쇠창살 위주로 되어 있고, 자유가 없고, 마음마저 움츠러들어서 추위를 더욱 강하게 느끼는 것은 아닐까?

어느 해 1월 초순, 야간근무를 하던 날이었다. 그날은 오후부터 함박눈이 내리기 시작하더니, 온종일 변덕스런 날씨에 바람마저 많이 부는 날이었다. 야간근무 시 동정시찰을 할 때 복도에 연탄난로를 피워 놓았지만 한겨울의 매서운 한파는 더욱더 등골을 오싹하게 만들었다. 마음마저 위축되었다.

초저녁 거실에서 도란도란 이야기를 나누던 재소자, 독서를 하던 재소자, 한문시험 준비를 하던 재소자들도 모두 잠들고 이따금씩 소변을 보러 가는 재소자의 화장실 문 여닫는 소리, 교도소 밖 국도에서 차들이 질주하는 소리들이 한밤의 정적을 깨뜨리곤 했지만 한밤중의 교도소 분위기는 정적 그 자체였다. 창밖을 보니 감시대에 설치된 수은등 사이로 함박눈이 휘날리며 불빛과 어우러져 내리는 광경은 마치 한 폭의 그림과도 같았다.

안동교도소 6사동 상층 근무를 하면서 1실에서 12실까지 동정 시찰을 하고 모두가 잠든 모습을 바라볼 때, 낮에는 90여 명이라는 숫자가 바삐 움직이더니 밤에는 이렇게나 조용하고 평온한 모습들이었다. 잠시 돌아보고 시계를 보니, 시곗바늘이 12시 20분을 가리키고 있었다. 후번 근무자와 교대하려면 아직 40분가량 남아 있을 때였다. 몹시 피곤하고 눈꺼풀이 천근만근인 것을 느낄 수 있었다.

바로 그때였다. 갑자기 어느 거실에선가 세숫대야와 양동이가 우당탕 넘어지는 소리와 함께 무엇인가 "쿵—" 하는 소리가 나의 귓전을 울렸다.

화들짝 놀라 달려가 보니, 5실에 수용 중인 7작업장 소속의 A 재소자가 화장실에 넘어져 있었다. 그때 같은 거실에 수용 중인 다른 재소자들은 세상모르고 자고 있었다. 아마 많은 인원의 재소자들이 한 사동, 또 같은 거실에 8~9명씩 수용되어 있다 보니, 웬만한 소음에는 이제 익숙해졌나 보다.

급히 거실 문을 두드리며 다른 동료 수용자들을 깨우고 화장실에서 넘어진 동료 수용자를 부축하라고 이야기한 후, 보안본부로 긴급 상황임을 알렸다. 그런 후 다시 A재소자를 주무르라고 이야기하고 우황청심환을 따뜻한 물에 녹여서 A재소자에게 먹였다.

그제야 A재소자는 신음하면서 서서히 정상으로 회복되었다.

어느새 보안본부에서 많은 직원들이 달려와 있었다. 불과 몇 분간의 순간이었고 아주 짧은 시간이었지만, A재소자와 나의 인생이 교차되는 순간이었다. 찰나의 순간, 만약 내게 발견되지 않았더라면 그는 어찌 되었을까? 어쩌면 지금보다 더 위험한 순간에 직면했을지도 모른다. 그런 생각이 들자 순간 오금이 저려 왔다.

그날 이후 야간근무에 임할 때면 어느 거실에 어떤 환자가 있다는 것은 외우다시피 하여 꼭 기억해 두고 근무하게 되었다. 다음 날 퇴근할 때는 밤새 내렸던 눈도 그쳐 있었다. 반짝이는 아침햇살이 나의 마음을 한결 가볍게 해 주었다.

그 후 A재소자는 출소해서 충남의 작은 도시에서 살고 있다면서 그때의 따뜻한 마음에 고마움을 담아 편지를 보내왔다. 조금 왜소한 체격에 안경을 쓰고 평소에 말수가 적었던 A재소자. 가끔씩 그가 머물렀던 거실 앞을 지나다 보면 그때가 문득 떠오르곤 한다.

동료가 위험에 처했을 때 모두가 한마음으로 주무르고 약을 먹이며 따뜻한 마음을 펼치던 동료 재소자들의 그 모습이 아직도 눈앞에 선연히 펼쳐진다. 비록 세상에서는 죄를 짓고 이곳에 들어왔지만, 교정·교화 생활을 통하여 서로를 아끼고 감싸 안는 모습에 깊은 감명을 받았다. 비록 지금은 제한된 공간에서 수용생활을 하고 있지만 이곳을 나서는 그날 세상의 모든 사람들에게도 사랑받는 자들이 될 수 있으리라는 작은 희망을 가져 본다.

3만 원의 친절

오늘은 접견·접수실 근무다. 3부제 근무이므로 윤번 일근 날은 근무 장소가 종종 바뀔 때가 있다. 오늘은 접견을 접수받는, 즉 재소자를 면회 온 사람들을 순서대로 접수받는 근무 날이다. 요즘은 전화로 예약도 가능해서인지 접견하는 사람들이 부쩍 많아진 것 같다.

오후 2시쯤 되었을까. 65세 정도 되어 보이는 할머니 한 분이 울상을 지으며 접견실을 서성이는 모습이 보였다. 나는 할머니에게 다가가 "할머니, 접견 접수해야지요."라고 안내했다. 그러자 할머니께서는 서울에서 아들 면회 오다가 버스 터미널에서 지갑을 잃어버렸다고 하셨다. 집에도 못 가고 어떻게 하냐며 걱정이었다.

그때 내게는 가진 돈이 3만 원밖에 없었다. 나는 그 돈을 할머니에게 내밀며

"간신히 서울까지 차비는 될 겁니다. 다음에 면회 오실 때 갚아주세요."

라고 말하며 드렸다. 할머니께서는 고맙다고 하셨다. 나는 덧붙

여 말했다.

"아드님이 걱정할 테니 이야기하지 말고 접수하시고 면회하세요."

할머니는 그제야 신분증을 내밀어 접수하고는 면회실로 향하셨다.

나의 어머님과 동년배쯤 되어 보이는 할머니를 보며 문득 어머니 생각이 났다. 어머니 또한 어디 멀리 가셨다가 이런 일을 당하시는 건 아닐까 하는 생각이 들었다. 새삼 어머니가 그리워졌다. 특히 여자들은 갱년기가 되어 폐경이 되면 사춘기라고 하여 신체·정신적인 변화를 겪는다. 시장에서 물건을 사고 계산하는 것을 깜빡 잊고 그냥 나가기도 하고, 물건을 아무 데나 두고 그냥 오기도 한단다. 사람은 살면서 누구나 당혹스러운 순간을 마주치기 마련인데, 그때마다 서로 조금씩 도움을 주고 이해해 준다면 얼마나 좋을까?

얼마 후 그 할머니께서 우리 교도소 민원실 직원을 통해 돈을 갚고 고맙다는 인사말을 남기고 갔을 땐 기분이 좋았다. 앞으로도 이곳에 찾아오는 아들, 남편 또는 누군가를 만나러 오시는 민원인들에게 좀 더 친절히 대해야겠다.

코걸이

귀걸이, 목걸이는 들어 봤을 것이다. 그렇다면 코걸이란 말도 들어 본 적 있는가? 코걸이라니, 무슨 아프리카 밀림에 사는 종족들의 이야기 아니냐고? 아니다. 교도소에도 코걸이가 있다. 징역을 살면서 교도관이나 다른 재소자를 이용해 교도소 분위기를 자기 마음대로 주무르려고 하는 재소자를 가리켜 교도소에서는 일명 '코걸이'라고 한다.

이들은 빈번한 청원이나 고소, 소장 면담, 과장 면담, 관구실 면담 등 교도소에서 가장 골치 아픈 존재들로, 교도소 내의 질서를 어지럽히는 주범들이다. 그리고 다른 재소자들도 꼬드기고 부추겨서 나쁜 행동에 동참하도록 유인한다. 교도관 위에 군림하려는 기세다. 각종 인권단체, 사회 시민단체에 허위 사실을 유포하고 신고하기도 한다.

교도관들 역시 '인권' 하면 몸서리치고 벌벌 떤다. 정말 요사이는 무슨 인권을 운운하는 사람들의 수가 늘어났다. 인권 단체들의 강력한 국가 조직인 것 같다. 공안관련 사범이 아닌 자기 자신은 가정파괴범이면서도 이런 야비하고 나쁜 사람들이 있으랴? 죄를 짓고 반성은 하지 않고 오히려 인권을 외치며 더 설치다니. 교도관은 인권이라는 단어 앞에 무슨 죄를 졌다고 이렇게 작아져야 하는지 모르겠다. 이 나라는 잘 생활하고 있는 재소자, 교도관에게 너무 많은 고통을 주는 정치권인 것 같다. 언젠가는 반드시 누가 옳고 그른가에 대한 진실이 밝혀지리라.

사회 교육기관으로 거듭나는 안동교도소

역사적인 새 천년은 그 어느 해보다 변화와 개혁의 물결이 거세다. 생소하던 인터넷이 불과 몇 개월 사이 우리의 일상이 되었고, 디지털식 첨단사고가 이 시대를 대표하는 사상의 주류가 되었다. 정치와 문화는 인권과 민주주의 지도자 출신인 김대중 대통령의 집권 3년 차를 맞이하여 인권과 민주 복지주의가 만개하는 절정의 시대를 이루고 있다.

이러한 시대적 상황에 따라 '인권의 사각 지대'라고 불렸던 교도소에서 인권과 자력갱생의 기치 아래 교정시설 환경의 개선, 수용질서의 민주적 확립, 수용자 인권 확립이 일어났다. 이러한 일환으로 합동 접견과 같은 접견제도의 활성화, 컴퓨터 등 첨단 기술교육을 위한 정보처리기능사 훈련생 기술교육, TV 시청, 전화제도 확대 등 수용자들이 피부로 느낄 수 있을 정도로 환경이 많이 개선되었다.

이런 주류에 편승하기 위해서 안동교도소에서는 사회에서 낙오되고 일탈된 재소자들을 올바른 사회인으로 교정·교화시키는 사회 재교육기관으로서 새로운 변화와 개혁을 주도하고 있다. 과거 범법자를 사회로부터 격리 수용하여 감시하는 데에만 그치는 곳이 아니라, 올바른 인격 함양과 정서 순화를 위한 알찬 정신교육 프로그램과 다양한 종교·문화 행사, 심신 수련을 위한 체육대회 등 많은 교정행정의 변화를 통해 발전적인 변화를 모색하고 있다.

오월의 햇살이 따스한 때, 안동교도소를 찾는다면 뽀오얀 라일락 향기 속에 보안과 앞 정원 뒷벽에 수놓아진 '물돌이네' 안동 하회 탈춤과 사물놀이 벽화에 저절로 흥겨움에 젖어 우리 고유가락과 춤에 흠뻑 취할 수 있을 것이다. 안동교도소는 2000년 9월 안동에서 열리는 국제 탈춤 페스티벌을 계획하여 안동 하회 탈춤의 우수성 홍보와 수용자의 정서 순화를 위해서 소장님과 지역 교정·교화 위원들의 도움으로 탈춤반을 신설하여 운영하고 있다.

또한 시대적 요구인 컴퓨터 교육을 위해서 정보 처리 기능사반을 지난 4월에 신설하였으며, 월례 체육대회를 개최하여 올바른 스포츠맨십을 통한 공정한 경쟁과 협력을 고양시키고 있다. 이 밖에도 접견 사전 예약 이메일 서신 접수 및 인터넷 홈페이지 접수, 인터넷 안동교도소 홈페이지 개설, 특별 접견 제도의 활성화 등으로 가족과 친지들과의 교류에 힘쓰고 있다.

수용자들의 향학열을 고취하기 위한 대입 검정고시반 전문 교도소로서 교육 환경을 개선하고 학사고시반도 신설하였다. 그리고 탈춤반, 자치사동, 우량수 제도의 활성화, 직원 식당·직원 휴게실의 개보수와 새로운 입간판의 설치로, 의욕적이고 깨끗하고 명랑한 분위기 속에서 활기찬 교정 풍토 쇄신에 앞장서고 있다. 아울러 안동교도소의 자랑거리인 수용자 한문 교육의 계속적인 발전을 위해서 우수 성적자에게 도서상품권과 상품을 지급하고 있다.

이상의 교정 여건 혁신은 수용자로 하여금 굳게 닫혔던 마음을 열고 잘못된 가치관으로 삐뚤게만 보아 왔던 사회를 긍정적으로 바라볼 수 있는 풍토를 조성하고 있다. 한 번의 시련과 낙오가 인생의 실패가 아님을 깨우쳐 줌으로써 열린 교정 여건이 수용자들의 정서 순화 학습과 기술에 대한 동기 부여, 지난날에 대한 참회를 통한 미래의 청사진을 제공하고 있는 것이다.

재소자들은 먼 훗날 출소할 것이다. 그들이 다시 범죄자의 길을 걷지 않도록 해야 한다. 보다 건강한 삶을 살아가는 사회인으로 성장시켜야 한다. 그러기 위해 안동교도소에서는 뉴밀레니엄 시대에 맞는 새로운 교정 문화를 형성했다. 이런 문화를 통해 수용자들의 재교육에 힘쓰고 있다. 순수하던 시민이 순간의 실수로 범법자가 되고 전과자로 낙인 찍혀 결국엔 범죄의 수렁에 빠져서 교도소나 감호소로 향하는 일이 더 이상 계속되지 않도록 앞으로도 지속적인 교정 환경 개선과 수용자들의 사회연대 의식 함양 프로그램 개발 등을 통해서 사회 재교육기관으로서의 면모를 갖추어 나갈 것이다.

하회웃음

어디선가 둥실 둥실 노랫가락이 흘러나올 땐 나도 모르게 어깨
춤이 나오게 마련이다. 절로 흥겨워진다. 얼마 전 수용자들의 심
성순화를 위해 탈춤반이 생겨났다. 그동안 특별 활동으로 배워 오
던 탈춤을 함께 연구하는 반이라고 한다. 한곳에 모여 숙식을 함
께하며 말이다. 이런 탈춤반이 구성되는 것은 우리 소에서 만들고
있는 하회탈 공장이 없었다면 아마 생각지도 못했을 일이다.

이곳 안동 하회탈은 전국적으로 이미 잘 알려진 우리 고유의 전
통 문화 유산이다. 국보 제121호로 지정되어 있는 하회탈은 이제
세계적으로도 유명한 문화유산이 되었다. 지난해 영국 여왕의 방
문으로 더욱 유명해진 하회탈을 다름 아닌 이곳 수용자들이 만들
고 있는 것이다. 이 사실은 상당히 고무적이라 할 수 있다.

탈 공장에 들어서면 대형 액자가 눈에 들어온다. 액자 속에는
아홉 가지 표정의 탈들이 제각기 웃음을 머금고 있다. 그중 '양반'
은 하회탈의 백미라 할 만큼 조형미와 예술적 가치를 고루 갖춘
탈이다.

얼굴과 턱이 분리된 탈은 안동 하회탈이 세계에서 유일하다. 턱을 앞으로 하면 성난 얼굴을 한 목젖이 보이고, 한껏 뒤로 눕히면 세상의 웃음을 다 담고 있는 표정이다. 탈 하나하나에 얽힌 사연들이 있지만, 그중 제일 마지막 탈이라 할 수 있는 '이매'는 유일하게 턱이 없는 탈이다.

이매탈에 관한 유래는 이렇다. 탈을 만드는 허율령이 혼신의 정성으로 탈을 만들고 있었다. 마지막 남은 턱을 만들 즈음, 그를 사모하던 여인이 그를 그리워한 나머지 허 도령의 탈 만드는 모습을 훔쳐보았다고 한다. 바로 그 순간 허 도령은 그 자리에서 죽고 말았다는 애절한 사연이 있다. 그런 사연을 품은 이매탈은 지금까지 턱이 없다. 이 탈을 쓰는 사람마다 얼굴 크기와 턱 모양이 다르다. 그런 탓에 똑같은 이매탈을 쓰고 있다 해도 그 사람의 특유의 모습을 찾을 수 있다. 가히 허 도령의 혼이 살아 숨 쉬는 예술풍이 아닌가 싶다. 이런 하회탈을 만들고 있는 수용자들은 단순한 작업이 아니라 하나의 예술품을 만들어 낸다는 자긍심으로 열심히 배우고 있다. 현재 종이로 만드는 탈과 나무로 목각 제작하는 두 종류 탈로 만들어지고 있다. 비록 예술가의 손처럼 정교한 수준은 아니지만, 하나하나를 만드는 그들의 모습을 보면서 진한 배움의 열기를 느낄 수 있다. 삭막한 삶 속에서 그들이 만들어 내는 탈을 보라. 그것은 분명 자신의 모습일 것이다. 똑같은 탈을 만들더라도 만드는 이의 정성이 없다면 결코 진정한 탈의 모습은 만들 수 없다는 것을 깨달았다.

목련꽃, 그 청초함과 단아함

긴 겨울을 지나 경칩이 다가오면 가장 먼저 꽃망울을 내밀려고 촉을 틔우는 것이 바로 목련꽃 나무이다. 목련은 청초한 아름다움은 물론 가장 먼저 봄이 왔음을 알려 주는 꽃이기도 하다. 또 겨울의 지루함을 떨쳐 버리게 하는 반가운 꽃이기도 하다.

안동교도소 보안과 청사 앞으로 목련꽃 나무 다섯 그루가 청사 주변을 따라 디귿(ㄷ)자 형태로 심어져 있다. 아침에 출근하면서 목련꽃을 바라보고 있노라면 마치 한 마리의 학이 앉아 있는 모습이 연상된다. 그런 모습에서 청초함과 단아함을 느낀다. 우리 소에 근무하는 모든 이의 마음을 단정하게 만드는 꽃이다.

때론 벌과 나비들이 찾아들기도 한다. 목련은 너무 진한 향기를 풍기지도 않고 그저 은은하기만 하다. 한 달 가까이 한복을 수수하게 차려입은 모습으로 조용히 있다가 다른 꽃들이 필 때쯤이면 푸른 잎사귀만을 남겨 놓고 소리 없이 꽃잎을 떨어뜨린다.

그런데 10여 년 가까이 이 모습을 보면서 이상한 점을 하나 발견했다. 청사 주변의 응달진 곳에 따라 햇살이 비치는 정도에 따라 꽃의 개화 시기가 조금씩 다르고 꽃망울과 나뭇잎의 크기에 따라 자라는 속도가 모두 다르다는 사실이다. 햇볕이 드는 정도에 따라 성장하는 시기가 다르고 심지어 줄기의 굵기까지 달랐던 것이다.

사람도 마찬가지다. 유아기, 청소년기, 청년기, 성년기에 얼마만큼의 사랑과 관심을 받았느냐에 따라 먼 훗날 그 사람의 인상과 됨됨이가 달라진다. 우리 교도관이 가르치고 이끄는 재소자들도 마찬가지다. 우리가 비춰 주는 햇볕의 정도에 따라 사회에 나가서 훌륭한 꽃을 제때에 피우기도 하고, 그보다 못하기도 할 것이다.

"어린아이는 어머니의 이슬을 먹고 큰다."는 말이 있다. 즉, 지극한 관심과 사랑보다 더한 양식은 없다는 말이다. 교도소의 주인이 교도관이라면 재소자는 손님이다. 언젠가 손님인 재소자는 출소하게 된다. 재소자는 출소하기 전에 미래를 준비한다. 출소 후 교도소를 빠져나갈 때, 재소자가 미래를 준비하면서 나는 이런 사랑과 관심을 받았다고 생각할 수 있도록, 조용히 재소자를 돌보고 가르쳐서 사회로 내보내야겠다.

힘들지만 보람된 야간근무

보안과 야간근무는 각 사동에서 그날 순번 근무자가 사방 거실에 수용되어 있는 재소자에 대한 동정 시찰, 환자 및 도주자 확인, 또 사동의 보온을 위한 난롯불 점화 등을 하면서 매시간 근무 시찰표에 사인을 하는 것으로 이루어져 있다. 교도관으로 근무하면서 3일마다 선·후번으로 나누어서 해야 하고, 몇 십 년 생활하면서 밤에 잠 못 자는 이 생활에 몸서리를 치면서 해야만 하는 근무이다.

이것이 야간근무를 한 교도관들이 일찍 죽는 이유 중의 하나일 것이다. 교도관들은 수많은 재소자들을 상대하면서 하도 스트레스가 많이 쌓여 오래 못 산다는 이야기를 우스갯소리처럼 하곤 한다.

야간근무 후 퇴근하여 집에서 잠을 자면 머리가 아프고 힘이 쭉 빠지고 밥맛도 없다. 별달리 하는 일 없이 비번 날을 보낸다. 엄격히 말하면, 비번 날엔 충분한 휴식을 해야 하기 때문에 근무하는 거나 마찬가지라고 할 수 있다.

때로는 응급 환자가 생기고 싸움을 하여 보안 본부에 연락하고 연출을 하기도 한다. 야간근무를 할 때 재소자들이 TV 시청을 끝내고 밥상 겸 책상에 둘러앉아 한문 공부와 독서를 하는 모습을 보면 모든 피로가 다 물러가고 기분이 아주 좋아지기도 한다.

교도관으로 내가 담당하고 있는 재소자가 미래를 위해서 자기 자신을 위해 노력하는 모습, 한 글자라도 더 읽고 익히려는 모습을 볼 때, 나는 교육자로서의 소명의식을 다잡게 된다. 이들을 이끌어 가야 할 사람으로서 한 번 더 내 자신을 추슬러 보는 것이다. 어제 근무할 때 재소자 ○○○는 한문 시험을 보았는데 한 문제가 틀렸다고 하루 종일 투덜거리면서 다음엔 꼭 만점을 받아야 한다며 아쉬워했다.

다음에 꼭 만점을 받을 거라고 위로하면서 새삼 교도관으로서의 보람을 느꼈다. 이제는 누가 시키지 않아도 재소자들이 더 열심히 하며, 그들만의 나름대로 공부 비법을 터득하고 후배들에게 공부하는 방법을 일러 주기도 한다. 한자 속에 적혀 있는 성현들의 좋은 말씀은 그 무엇보다도 값진 교정·교화가 되리라 본다.

퇴근길에 만난 할머니

지난밤 야간근무를 하고 교대 후 퇴근하게 되었다. 밤 10시에 교대하고 유도부 문제로 주임님과 이런 저런 이야기를 나누었다. 이성래 주임님은 선배 교도관이며 경비 교도대에 근무하는 분이시다. 주임님과 이런 저런 이야기를 한 후에 차를 타고 외정문을 통과해 퇴근할 때였다. 70세쯤 되어 보이는 할머니가 두세 살쯤 되어 보이는 아이를 안고 가는 모습이 보였다. 나는 할머니에게 내 차에 타시라고 하였다. 할머니는 내 말을 듣고 그저 울기만 하다가 나중에야 겨우 차에 오르셨다.

우리 안동교도소는 안동 시내에서 30리 정도 떨어진 거리에 위치해 있다. 외진 곳에 있기에 교통이 조금 불편하다. 그래서 종종 차가 없는 면회객들이나 멀리서 온 분들은 택시를 이용하여 약 8천 원 정도의 요금을 내고 오신다. 그런데 교도소로 왔다가 가는 택시가 아니면 택시 잡기도 쉬운 편은 아니다. 그래서 야근 후 퇴근할 때나 일근 후 퇴근할 무렵 눈치를 보며 직원들이 면회객들을 시내까지 태워 주는 경우가 더러 있다. 출소하는 사람이 퇴근할

126

때 만났을 경우나 시내에 집이 있는 경우는 집 앞에까지 태워 주기도 했다.

내 차를 얻어 탄다고 미안해하시던 할머니는 당신의 사정을 말씀하셨다. 자기 아들은 지금 교도소에 수감되었고, 며느리는 아기를 고아원에 맡기고 가출을 했다고, 아기를 데리고 면회를 오셨다는 얘기였다. 접견·접수실에서 아기가 배고프다고 울 때면 면회실에 근무하는 교도관이 아기 우유도 타오고 어르고 달래며 귀여워한다. 아들 면회를 마치고 올 때면 할머니 손에 2만 원을 쥐어주며 택시비로 쓰라고 했단다. 그 얘길 하면서 할머니께서는 세상에 이렇게 고마울 수가 없다고 했다. 이 세상에는 감사하고 좋은 사람이 더 많다고 하셨다. 또 '교도소' 하면 옛날에 듣던 대로 무시무시하기만 한 것은 아닌 것 같다며 친절하고 따뜻하다고 하셨다. 그 얘길 듣고 나는 뿌듯해졌다. 우리 소 접견실에 근무하는 여직원도 자랑스러워졌다. 우리 직장을 위해서, 나 자신을 위해서, 고향에 계신 부모님을 위해서 외래인들에게 따뜻하고 친절하게 대해야겠다는 다짐을 했다.

'죄는 미워하되 사람은 미워하지는 말라.'는 말이 있다. 죄를 짓고 교도소까지 왔지만 재소자 본인과 가족에게 따뜻하고 좋은 말로 사랑을 베풀어 사람이 되어 나가도록 해야겠다. 아무튼 오늘 퇴근길에 할머니와 아이를 시내까지 태워 주면서 여러 가지를 느꼈다. 이 세상 사람들이 무어라고 해도 우리는 성실하고 바른 공무원인 교도관이라는 사실에 긍지를 가진다.

2장 좌충우돌 교도소 이야기

만기 곤조?

교도관으로 근무하다 보면 벼가 가을 수확기가 되면 낱알이 꼭꼭 차서 고개를 숙이듯 대부분의 재소자가 오랜 수형 기간 끝에 교정·교화되어 출소하지만, 가끔 어떤 재소자는 만기가 3개월 남았느니, 한 달 남았느니 하면서 교도관들이 지시하는 일에 토를 달고 말을 잘 듣질 않으며, 심지어는 아주 작은 교도관들의 실수까지도 기록하여 출소하면 어떻게 하겠다고 하는 등 교도소에서 말하는 '만기 곤조'를 피우곤 한다.

장기수보다는 단기수들 중에서 가끔 볼 수 있으며, 나이가 많고 점잖은 재소자들 중에는 없다. 자기가 데리고 있던 재소자가 이런 만기 곤조라는 생각을 하고 있다는 자체가 교도관으로서 비애감을 느끼게 하곤 한다. 자기를 가르치고 아버지, 어머니같이 돌보던 교도관한테 출소할 때가 다 되었다고 함부로 하더니, 정신 상태가 엉망인 이런 친구들이 다시 교도소에 들어오는 경우를 종종 보곤 했다.

참고로, 교도소에서도 만기 출소가 가까워지면 '삭발 보류증'이라 하여, 깨끗이 이발하고 그다음부터(약 3개월 전) 머리를 사회인과 같이 기를 수 있으며, 마치 군에서 제대특명을 한 달 전, 45일 전에 통지를 받고 기다리듯이 석방 날짜를 기다리며 여러 가지 교육을 받을 수 있도록 사회 적응 훈련도 실시하고 있다.

당장의 갑갑한 교도소에서 나가기만 하는 것이 능사가 아니고, 어떻게 하면 사회에서 성실하게 잘 살 수 있을 것인가가 문제인 것이다. 그런데 죄를 저질러 죗값을 치르고 출소하는 마당에 곤조라니! 이런 말 자체가 듣기도, 이야기하기도 싫다. 굽었던 나무가 수형 생활을 통하여 바로 펴지고 잡아들기를 바란다.

정신 교육대 근무를 하면서

정신 교육대 근무를 꽤 오래한 것 같다. 정신 교육대. 문자 그대로 교도소에서 정신 교육을 시키는 기관이다. 종교인이나 대학 교수 등과 같은 사회 저명인사, 혹은 소장이나 과장 등 내부 강사로 하여금 재소자들의 정서, 인성, 재사회화 교육을 시키고, 오후에는 구보, 유격 체조, 체육 활동을 통하여 단결심과 협동심을 배워 나가도록 하는 장소이다.

미결에서 형이 확정되어 기결수가 된 경우나, 다른 교도소에서 이송 올 경우에 이 교육을 받는다. 그리고 가끔은 4기능공 시험을 앞둔 재소자들이 먼저 교육을 받곤 한다. 재소자들은 2주간의 짧은 기간이지만, 더욱더 마음을 다잡고 자성록 등을 통하여 반성을 하고, 앞으로 사회에 나가 잘 살 것을 다짐한다.

강사 교육 시 재소자들의 표정은 어느 때보다도 단정하다. 사회 어느 교육기관에서 보이는 것보다도 열심히 경청한다. 체력훈련도 한다. 운동장에서 PT체조, 땀을 흘리는 구보 등을 한다. 자리에 앉아 가만히 경청하는 일보다 이런 활동적인 움직임을 좋아하는 재소자들이 더 많은 것 같았다. 나 역시도 유도 연습을 할 때 준비운동으로 PT체조를 하곤 했다. 체조 10분 정도를 한다는 것이 하다 보면 나도 모르게 신이 나 몸이 지칠 때까지 1시간 이상씩 하곤 한다.

몸이 불편한 재소자들은 나름대로 최선을 다해 목청을 돋우며 호흡을 맞춘다. 이 교육을 통하여 사회생활 하는 데 필요한 인내심과 협동심을 기른다. 이러한 훈련을 통해 이 사회에 잘 적응하는 사람들로 환골탈태하여 다시 태어나길 기원한다.

1994년도 겨울 교육생 기를 받았을 때였다. 어느 재소자는 사고로 한쪽 팔이 절단된 상태에서도 구보며 모든 것을 했다. 단체생활을 하면서 교육생으로 입교하여 자기가 해야 할 일을 알고, 자기 자신의 위치를 알고 하는 것이다. 대단한 정신력이었다. 이런 정신 상태로 삶에 임한다면 다시는 굽은 나무가 되지 않으리라.

연탄난로

요즘 시대엔 연탄난로를 구경하기가 쉽지 않다.

학창시절엔 교실 중앙에 조개탄을 때는 난로를 설치하고 추운 겨울 난로 위에 도시락을 올려놓고 따뜻해진 도시락을 점심시간에 먹곤 했다. 군대시절, 무연탄을 물에 적당히 이겨서 페치카에 불을 지펴 난방을 하고, 페치카 위에는 드럼통으로 온수를 담아 쓴 채 야간 경계 근무를 서던 일, 초소 근무나 동초 근무를 마치고 돌아와 춥고 배가 출출할 때 양은 세숫대야 등에 라면을 끓여 먹던 일 등. 1980년대까지 군대 생활을 했던 사람들에게 '난로'란 이처럼 추억의 물건이다. 연탄난로는 불이 꺼져도 온기가 쉽사리 가시질 않았다. 불 꺼진 난로 곁에만 있어도 몸이 후끈후끈한 적도 있었으니 말이다. 1980년대 전만 하더라도 일반 가정에서나 관공서, 상가 등 거의 모든 곳에서 연탄난로와 연탄보일러를 사용했다. 때문에 가을이 되면 동네 한편에서 연탄을 나르고 도심에서는 전봇대 밑이나 후미진 곳에 하얗게 불이 꺼진 연탄재 덩이를 발견할 수 있었다.

그러나 지금은 연탄 자체를 구경하기도 힘들다. 일부 시골을 제외하곤 연탄보일러를 사용하는 곳이 드물다. 모든 가정, 회사, 관공서, 상가에서는 석유난로, 전기난로, 가스난로, 그 밖의 여러 가지 문명의 이기를 사용하고 있는 게 우리나라의 실정이다.

아직까지 교도소에서는 일부 현대화된 고층 건물의 교도소를 제외하곤 연탄난로를 사용하고 있으며, 연탄을 구입하는 용도과에서는 연탄 만드는 회사가 없어 멀리 예천까지 가서 연탄을 사 가지고 오는 실정이다.

교도소에서 연탄난로는 재소자나 직원의 보온을 위해서 대단히 중요하고 유용한 물건이다. 연탄난로와 연통에서 뿜어 나오는 연기는 우리 모두를 따뜻하게 해 준다. 교도소에서 급하게 씻어야 할 일이 생긴 경우에도 난로를 이용하기도 했다. 난로 위에 미리 물을 올려놓은 다음 사용하는 모습은 어렸을 적 이발소에서 보던 그 정겨운 옛 모습을 연상시킨다. 교도관들 역시 늦가을부터 초봄까지 사동에서 근무를 하면서 다음 근무자가 올 때를 대비했다. 다음 근무자 춥지 않도록 시간대에 연탄불을 갈아 주는 식이었다. 이처럼 근무자들 간에도 따뜻한 정을 나눌 수 있게 돕는 물건이 바로 연탄난로였다. 연탄난로는 사람의 온기를 품은 물건이었다. 언젠간 이곳에도 연탄난로 대신 석유난로, 히터 등이 자리를 꿰찰 것이다. 세월의 흐름에 따라 풍경이 변한다고 하더라도 연탄난로의 따뜻한 기운은 변하지 않고 우리들의 기억 속에 영원히 남아있기를, 우리의 추억을 따뜻하게 데워 주기를 바란다.

징벌 사동의 악몽

"으— 으아—악!"

모두가 잠든 한밤, 어디선가 비명 소리가 들려왔다. 벌써 몇 번째인지 모른다. 야간근무 때면 몇 번씩 겪는 일이니 말이다. 오늘 최 모 재소자의 비명소리는 근무자를 더욱더 놀라게 하는 것 같다. 두 달 전 동료 재소자와 싸움을 한 그는 이곳 5사하 징벌사동에 수용되어 있다.

재소자들은 이곳 5사하를 '백담사'라 부르기도 하고 '먹방'이라 하기도 한다. 수용생활하면서 제일 가기 싫기도 하고, 또한 가서도 안 되는 곳이기 때문이다. 이곳에서 조사를 받거나 징벌 수용되게 되면, 재소자 신분 수용카드에 기록되고 출소하는 날까지 영향이 따르기 때문이다. 이곳에 수용된 최 모 재소자는 덩치가 크고 우람한 체구에 유달리 눈빛이 반짝이고 섬뜩하기까지 하다. 나이는 50살이고, 성격은 난폭하며, 음주운전에 과실치사로 입소한 사람이었다.

두 달간의 징벌 기간 내내 그의 정신은 갈피를 잡을 수 없었다.

정신이 반쯤 나간 상태와 정상 사이를 오락가락했다. 다른 일반 사동으로 전방가기 전까지 그를 동정시찰하고 면담을 하게 되었다. 그 결과, 그가 그토록 악몽에 시달리는 이유를 알 수 있었다. 상담한 바에 의하면, 그는 전형적인 범죄꾼은 아니었다. 그런데 월남전 참전용사로 전쟁이라는 극한 상황 속에서 살아남기 위해 무수한 적군과 죽이지 말아야 할 사람을 죽였다고 했다. 자신이 죽인 자들의 원혼이 꿈에서 나타나 비명을 지른다고 하였다. 악몽에서 깨어난 그는 언제나 대단한 공포에 떨고 있었으며 식은땀을 흘리고 있었다.

군에서 제대 후 운전을 하면서 가정을 이루고 처자식을 위해 10여 년간 잘 살아왔으나, 교통사고로 모두 다 잃었다고 했다. 급기야는 자기 자신도 음주 후 교통사고를 내어 이곳에 와야 할 몸이 되었다고. 억울하게 죽어간 생명의 원한으로 자기는 괴롭힘을 당하고 있다고 했다. 정신은 과거의 월남 하노이 전쟁터에 가 있는 사람이었다. 또 자기 자신의 괴로움이 깊을수록 귀신들이 자기를 그때 그 시절의 그 장소로 안내하여 괴롭힌다고도 하였다.

해병 청룡부대에 근무하면서 혁혁한 전과로 무공 훈장을 받았지만, 지금은 고엽제의 피해로 온몸이 만신창이가 되고 고통 속에서 다른 재소자들과 어울리지도 못하고 이곳 징벌 사동까지 오게 됐다고 하면서 울먹였다. 교도소에서 종교 행사 때 나누어 주는 손목에 차는 작은 염주를 만지며 '업보'라고 말했다.

"무수한 생명을 죽인 업보라고, 제대 후 아무도 알아주지 않는

그런 훈장이 무어냐고, 내가 이렇게 사는데⋯⋯." 하면서 그는 한
탄을 하였다. 업보는 과거나 미래가 아닌 현재에 나타난다고 하였
다. 잠을 자려고 해도 자꾸만 원혼들이 떠올라 사회생활이나 기초
교도소 생활도 할 수가 없다고 했다.

그 재소자가 참으로 딱하다. 안돼 보이는 마음을 금할 길이 없
다. 누구를 위해 목숨을 걸고 싸웠던가. 국가가 있기에 내가 존재
하고, 먼 옛날부터 나의 할아버지, 아버지가 이 나라를 지켜 왔기
에 현 세대가 존재하지 않은가.

나는 교도관으로서 그를 위로했다. 사람이 지치고 힘들면 누구
나 다 몸과 정신이 망가진다고, 헛것이 보인다고 말이다. 가벼운
맨손체조 등을 같이하면서 여러 가지 용기의 말을 건넸다. 그리고
새로 시작하는 길밖에 없다고 하면서 심심한 위로의 말을 건네곤
했다. 출근하면 종종 이야기도 들어 주고 한 결과, 상태가 많이 호
전되는 것을 느꼈다. 포악한 성격도 변하는 것 같았다.

그로부터 몇 개월 후 최 모 재소자는 출소했다. 그는 지금 어디서
어떻게 살고 있을까 궁금하다. 부디 아무 탈 없이 건강하게 살길 기
원할 뿐이다. 또한 안동교도소에서는 한 명의 호사 징벌자도 없길
바란다.

엄마가 보고 싶어요

월요일 아침이다. 어제 저녁 야근을 하고 아침 10시 교대 후 퇴근하기 전까지가 근무시간이다. 오전 7시 영선 공장출역으로 인해 분주한 아침이다. 연탄난로에 불을 지피고, 아침 식사를 준비하고 오늘 하루 할 일을 준비하고……. 거실에서 공장까지 이동하고부터 식사하기 전까지는 매우 분주하다. 재소자들에겐 두 벌의 옷이 있는데, 그중에 한 벌은 '입방복'이라 하여 깨끗한 수의이다. 또 한 벌은 '작업복'이라 하여 일할 때 입는 옷이다.

내가 데리고 있는 영선부 8명 중 한 명이 보이지 않아 탈의실에 들어가 보았다. 그곳에서 27살짜리 막내 철원이가 울고 있는 게 아닌가. 나는 놀란 마음에,

"철원아, 무슨 일이냐?"

라고 물으며 등을 두드렸다.

"부장님, 엄마가 보고 싶어요."

철원이는 흐느껴 울면서 나를 안았다. 어젯밤 꿈속에 엄마가 나타났다고 했다. 네 살 때 자기를 버리고 떠난 엄마가 나타나 자기

를 불렀다는 것이다. 철원이는 엄마의 얼굴을 생생하게 보았다면서 울음을 터뜨렸다.

새엄마가 가끔씩 면회도 오곤 하는 걸로 알고 있는데, 서른이 다 되어 가는 사람이 까마득한 기억 속의 엄마를 부르는 것이다. 평소 신체도 약하고 비위가 약해서 고기 종류는 일절 먹지도 못하고 자폐증 환자같이 말도 더듬는 사람이다.

그는 2급수이다. 미장일이면 미장, 페인트면 페인트, 영선부에서 하는 일이라면 뭐든지 못하는 일이 없다. 생존을 위해 돈이 되는 일이라면 뭐든지 한 모양이다. 그렇게 무던히도 노력하며 살아왔기에 이런 재주라도 있으리라는 생각이 들었다.

미루어 짐작컨대 철원이는 아마 어려운 성장 과정을 거치지 않았을까 싶다. 엄마의 가출과 아버지의 재혼, 또 많은 형제들 틈에서 살아왔으니 얼마나 다사다난했겠는가. 철원이 역시 욱하는 심정에 폭력을 휘두르고 이곳에 왔을 것이다.

부부가 결혼을 하고 자식을 갖는 것, 자식과 가정에 대해 책임을 다하는 것. 그것이 얼마나 중요한가. 거창한 꿈을 가지는 것보다 가정이라는 보금자리에서 작은 기쁨을 실천하고 행복해하며 사는 것이 더욱 바람직한 일이라 생각된다.

이곳 교도소에서 종종 철원이와 같은 불우한 환경에서 자란 재소자를 만나곤 한다. 얼마 전 형집행정지로 출소하여 죽은 재소자는 죽기 전 교도소로 전화해서 자기가 모시고 있던 교도소 직원들의 목소리라도 듣고 싶어 했다고 한다. 교도소도 사람 사는 곳인지라 이곳에서도 사람 간의 정이 오가고 또 끈끈한 관계가 형성되기도 한다.

재소자를 자식으로 보는 눈도 있고, 제자로 보는 눈도 있다. 때로는 남자지만 어머니같이, 아버지같이, 혹은 선생님같이 돌보고 가르쳐야 할 때도 있다. 가정이 바로 서야 사회가 바로 서고 사회가 바로 서야 국가가 바로 선다. 따라서 가정의 행복이 그 어떤 것보다 가장 중요한 행복이라고 생각한다.

이 세상에서 가진 자, 똑똑한 자, 잘난 자보다 버림받고 업신여김을 당하는 자의 편에 서리라.

골칫덩이 '불가사리'

'불가사리'라고 하면 옛날이야기에 나오는 쇠를 먹는 전설의 동물이 떠오를 것이다. 그런데 불가사리는 전설 속에서만 사는 동물이 아니다. 가끔 교도소에도 불가사리들이 등장한다. 재소자 중에 특이한 성격을 가진 자가 있었다. 그는 교정행정 당국과 마찰이 있거나 재소자가 요구하는 사항이 관철되지 않을 때, 나름의 방식으로 항의했다. 그 항의방식이란 것은 꽤나 기괴하면서도 자학적인 것이었다. 못이나 바늘, 옷핀 등과 같은 쇳조각, 혹은 칫솔과 같은 플라스틱 종류 등을 취식하여 교정사고를 발생시키곤 했던 것이다. 이러한 돌발사태를 맞닥뜨린 교도소 당국은 당혹스러움을 감추지 못했다.

그가 돌발행동을 할 때마다 보안 직원이 이를 발견하고 의무과에 연출한 다음, 외부 병원에 입원시켜 수술을 진행한다. 수술을 통해 취식한 이물질을 제거하는 것이다. 결국 국민의 세금을 엉뚱한 곳에 쓰게 되는 셈이다.

사사건건 말도 안 되는 요구로 교도관을 귀찮고 성가시게 하고,

그런 요구를 들어주지 않으면 자기 신체에 메스를 그어서 희생시 커 가면서까지 교정행정을 어렵게 하고 있다. 또다시 그런 행동을 하는 재소자에게는 밥 대신 철사 줄이나 플라스틱을 제공하여 식사하게 하여야 할 것이다. 재소자 본인은 한 푼의 세금도 내지 않고 국가 예산을 축내고 있으니, 다시는 이런 일이 없어야겠다.

고시촌보다도 뜨거운 열기

'배움의 길은 평생 공부'라는 말이 있다. 그러나 어떤 길을 꾸준히 가기란 그리 쉽지만은 않다. 평생 공부해야 하는 것이 우리 인간의 숙명이라면 우리가 살아가는 자체가 공부일 것이다.

내가 고시반 근무를 하게 된 이후부터 이런 평생교육의 의미와 앎의 힘이 얼마나 소중한 것인지를 깨닫게 되었다. 우리 교도소에는 중학교 과정과 고등학교 과정의 검정고시반이 있다. 그리고 최근에 학사고시반이 신설되어, 그야말로 배움의 요람이 되었다.

각 공장 취업장에서 지원·선발하여 검정고시반을 운영하고 있으며, 대개가 배움의 적령기를 넘기고 시작하는 공부이기에 무척이나 힘들어한다. 특히 밖으로 활동하던 그들이 종일토록 책상에 앉아 공부하기란 여간 어려운 게 아니다.

그러나 배우고자 하는 열의에는 지금까지의 습(習)이 문제가 될 수 없었다. 스스로가 지난날의 무지로 인해 이곳의 삶으로 발을 들여놓았다고 생각하였기에, 배우고자 하는 마음은 사회의 누구보다도 간절하다. 누군가의 도움이 필요하고 방법을 알아야 했다.

142

이런 이들에게 우리 교도소에서는 외부강사님을 초빙하여 강의도 실시하고 인성 완성에도 도움을 주고 있다.

강사님들의 대부분은 교직 생활을 퇴임하시고 이제는 교도소 교회위원으로 사회봉사를 위해 노력하시는 분들이시다. 이분들은 대개 자신의 자비(自費)를 쓰면서 적극적으로 가르침을 주고 계시다. 재소자들도 이런 분들의 성의와 열의에 감사하여 더욱 열심히 공부하게 되는 것 같다.

어떤 재소자들은 밥 먹는 시간과 운동 시간을 제외하고는 책상에서 떨어져 있지를 않는다. 어느 고시촌의 분위기가 이렇게까지 뜨거울 수 있을까. 새벽 근무시간 2~3시경 동정을 시찰할 때면, 추운 겨울밤의 악조건도 재소자들의 배움의 열의는 막지 못한다는 것을 본다. 모포를 뒤집어쓰고 책상 다리를 한 채 공부에 전념하는 그들은 분명 지난날의 무지함으로 인한 죗값을 배움으로 보상받고 더 이상 사회에 악(惡)이 되지 않으려고 애쓰는 것 같았다.

이런 정신을 가졌기에 그들 중에 경북 지역 검정고시 중등부 수석과 차석이라는 기쁨을 누린 자도 나올 수 있었으리라. 나 또한 함께 보람을 느낄 수 있었다. 이곳에서 아무런 보수도 바라지 않고 가르침을 주시는 여러 선생님들은 자신의 제자가 열심히 배워 기쁨을 갖게 되었을 때 함께 웃어 주셨고 기쁨을 나누었다. 이들의 모습을 곁에서 지켜보며 나는 한없는 감동을 느꼈다. 또한 나의 직업에 대한 애착을 다시 갖게 되었다. 공부에 매진하는 재소자들은 먼 훗날 사회의 참신한 일꾼으로 다시 일어설 수 있으리라.

출소된 후 사회의 어떤 편견과 눈총에도 굴하지 않고 지금의 모습과 같이 목표를 향해 꾸준히 정진하는 자세로 살아간다면 문제될 것이 없으리라. 이 사회의 구성원들에게 필요한 자세는 타인에 대한 관용이다. 우리는 살아가면서 타인에 대한 자비를 과연 얼마나 베푸는가. 스스로에겐 한없이 너그러우면서도 타인에겐 엄격하게 굴지 않던가. 나의 허물은 쉽게 잊혀지는 반면 남의 허물은 커 보이길 마련이다. 그것이 인간의 속성이다. 하지만 우리는 이러한 인간이 아닌 보다 사람다운 삶을 영위하고자 한다. 그러니 때로는, 타인의 잘못을 쉽게 용서할 줄 아는 보다 넉넉한 아량을 품어야 하지 않을까 싶다.

시시포스의 눈물

내가 이곳 안동으로 오기 전, 제2감호소에서 근무하던 시절이었다. 감호소에는 감호자들이 구금되어 있었다. 감호자들이란 상습 누범자들을 뜻한다. 감호자들은 감호형을 받는다. 감호형이란 일종의 전과 많은 사람들에 대한 형이다.

내가 근무하던 곳은 이들을 사회로 복귀하도록 훈련시켜 건설 현장의 기능공으로 양성하기 위한 제2감호소 타일 훈련생 공장이었다. 훈련생 공장이었기에 2감호소 소운동장 옆에 설치되어 오전 9시에 출역하여 오후 4시에 일과를 마치는 여느 일반 교도소와 진배없는 곳이었다.

하루는 근무 중에 이 공장의 기록(총무)을 맡고 있는 감호자가 나에게 면담을 요청했다. 그는 대뜸 내게 "혹시 시시포스의 전설을 아느냐?" 하고 물었다. 나는 의아한 표정으로 그를 바라보았다. 그는 나를 지그시 바라보며 회상에 잠긴 듯, 자신의 자라온 이야기를 하기 시작했다.

고향이 충북 ○○이라는 그는, 어린 시절에는 나름대로 공부도 잘하였고 상당한 모범생으로 꿈과 희망이 원대했다고 한다. 그런데 우리들의 어린 추억 속에는 악동 같은 기억도 한 가지쯤 있지 않은가. 그 역시 마찬가지였다. 어린 시절, 닭서리와 수박서리를 한 기억이 있다고 한다. 하지만 그에게는 서리의 경험이 더 이상 추억이 아닌 병으로 이어지고 만 것이다. 성인이 된 그는 이제 남의 물건을 훔치지 않으면 정신이 불안하고 이상하다는 것이었다.

마치 시시포스의 신화에 나오는 이야기처럼 영원히 고칠 수 없는 일이라며 이제는 자포자기한 상태였다. 그러나 평소 그의 삶은 극히 정상적이었다. 오히려 모든 것이 너무도 아까운 사람이었다.

결국 나는 그에게 아무런 도움을 주지 못하고 헤어졌다. 어린 시절의 작은 버릇이 이제는 돌이킬 수 없는 현실의 아픔이 되어 그를 옥죄고 있었다. 그런 그에게 진정 새로운 길이 열리기를 간절히 빌어 본다.

영안실에서 얻은 값진 교훈

누군가 말했던가? "인생이란 시계의 태엽은 단 한 번밖에 감을 수 없다"고 말이다. 그 태엽의 길이가 얼마큼인지, 또 얼마큼 감겼으며, 풀릴 태엽의 길이는 또 얼마나 남았는지, 그것은 오직 하나님만이 아는 일일 것이다.

잘만 가던 시계 초침이 어느 날 갑작스레 멈추듯 언젠간 내 인생의 태엽도 다 풀려나갈 것이다. 그 순간엔 세상 모든 것들과 작별해야 한다. 길어야 백 년인 인생을 마치 영원을 살 것처럼 무심히 살아 버린 날들을 돌아보며 내게 주어진 삶을 진지하게 생각해 보게 된 것은 어느 수형자(受刑者)의 죽음 때문이다.

1996년 3월 중순의 어느 날, 오후 5시경 안동의료원 영안실 근무 명을 받았다. 안동교도소 안에 있는 7공장 장모 수형자가 사망한 것이다. 그는 65세의 고령인데다가 심장이 좋지 않아 수시로 교도소 안에 있는 의무과 진료를 받았었다.

심장질환 치료제를 복용하면서도 그는 늘 밝은 모습으로 모든 일에 열성적이었다. 교도관들에게도 예절바르고 공손했으며, 안동교도소에서 실시해 온 한문과 일어 공부에도 열심이었다. 한마디로 모범적인 재소자였다. 공장원의 학습을 돕는 학습반장으로서도 젊은 재소자들 못지않은 의욕을 불태우던 그가 지금은 유명(遺命)을 달리한 채 의료원 영안실 냉동보관실에 싸늘히 누워 있는 것이다.

텅 빈 빈소엔 교도소 직원들이 마련해 놓은 과일 접시와 술병이 놓여 있다. 썰렁한 빈소라 그런지 고인의 영정이 더욱 쓸쓸해 보인다. 창밖 너머 구급차의 신호음이 한 차례 붉은 비명처럼 지나가자 밤의 정적이 산산조각 나고 만다. 또 누군가가 이승을 떠나는 것일까? 괜스레 마음이 불안해진다. 이윽고 침대를 옮기는 소리가 들리고 또 다른 시신이 영안실 냉동보관실에 옮겨졌다.

영안실 근무는 교도관 생활 10년 만에 처음이다. 엄숙한 분위기 탓인지, 이곳에서의 근무가 왠지 걱정스럽기도 하다. 평상시 근무할 때 선배 또는 동료 직원들로부터 들은 이야기인데, 자신의 가족 즉 재소자의 신분으로 있는 가족이 교도소에서 죽음을 맞이했을 때 흥분하지 않는 사람이 없었다는 것이다. 입장을 바꾸어 생각해보면 이해가 된다.

이런저런 생각에 빠져 심란해 있을 때였다. 멀리 경남 창원에서 고인의 처와 아들이 도착한 모양이었다. 그때 시각이 새벽 한 시였다. 필자와 비슷한 연배쯤 되어 보이는 아들은 몹시 흥분한 모습이었고, 그의 어머니는 크나큰 슬픔을 내면으로 삭이려는 모습이 역력해 보였다. 그로부터 한 시간 후, 서울과 강원도 등 각지에서 10여 명의 친지들이 영안실을 찾아왔다. 아들과 그들은 오열하면서 발을 구르고 주먹으로 벽을 치며 흥분했다. 고인의 아내분께서 그들에게 조용히 하라며 타일렀다. 교도관인 필자의 입장을 많이 사려해 주는 것 같았다. 흥분의 기운이 가시자, 빈소의 새벽은 어색한 슬픔으로 출렁였다.

가족들에게 위로의 말을 전하면서도 적당한 말이 잘 떠오르지 않는다. 수형자를 보호하고 있는 교도관의 한 사람으로서 그의 죽음이 마치 나의 잘못같이 느껴져 괜히 죄스러운 마음이 들었다. 조금 전 흥분해 소란을 피우던 젊은이들을 다독이던 고인의 처가 내게 고마움을 표한다.

"빈소와 영정사진을 마련하느라 수고가 많으셨습니다."

그리고 잠시 후 고인의 아들과 조카들이 나에게 담배와 술을 권한다. 잠시 인사를 나눈 후 고인의 부인이 먼저 말문을 열었다. 망인은 나이 60이 다 되어 교도소에 들어왔다고 했다. 그가 수감된 동기에 대하여 억울함을 이야기하였다. 그리고 그간 6년 가까이 면회를 다니면서 겪었던 일들을 털어놓았다.

죽음을 예감했었던지, 최근에 면회 왔을 때 고인은 전보다 가족들을 더 걱정하고 유난히 많은 이야기를 하려 했다고 한다. 그리고 혹시 자기가 잘못되더라도 교도관들에게 피해를 주지 말라고 했다고도 한다. 본인과 가족은 심장병이 오래되어서 이미 상태의 심각성을 알고 있었으며, 행여나 사후 문제가 있으면 어떻게 할지 미리 이야기를 한 모양이다. 사려 깊은 고인께 감사하다고 생각했다.

처 되는 분께서는 오래전 이곳에 면회 왔을 때 섭섭한 기억을 담아 두었던 모양인지, 지난 이야기를 풀어놓기 시작했다. 어느 해였나, 면회시간이 다 끝나갈 무렵이었다. 제한된 시간이 다 되었기 때문이었을까. 자식뻘쯤 되는 젊은 직원이 면회실 문 너머로 "영감님! 빨리 일어나세요!"라고 외쳤다. 그 목소리에는 가시가 돋쳐 있었다. 면회를 마치고 귀가하던 부인은 창원으로 향하는 버스 안에서 몇 시간 동안 울면서 갔다고 말한다. 직원은 아직 새파랗게 젊은 사람 아닌가. 그런 사람이 어찌 그리 나이 많은 자를 쉽게 다그친단 말인가. 그 다그침을 전해 듣는 남편의 모습이 안쓰러웠다. 남편이 걱정스럽고 서글퍼서 아내 분은 한참을 울었다고 한다.

그러면서 나에게 하는 말이 "죄는 미워해도 사람은 미워하지 말라고 했는데, 나이가 많은 사람들인데 면회 온 사람 앞에서 어떻게 그렇게까지 할 수 있느냐?"라는 것이었다. 그때 그 면회실 근무자가 원망스럽다고도 하신다. 그리고 그 외의 고인에게 잘 대해주신 인간적이신 공장 담당 근무자들과 의무과 직원들에게 고맙다는 말도 잊지 않았다.

부인의 말씀을 듣고 나서 나는 변명과 위로의 말을 대신 전했다 "우리 직원이 과중한 업무에 시달리고 면회 횟수가 많아 본의 아니게 마음의 상처를 드린 것 같은데, 제가 대신 사과를 드립니다. 죄송합니다." 말은 이렇게 했지만, 마음은 영 개운치가 않았다.

죽은 자는 이렇게 가족들과 우리 교도관의 마음에 슬픔을 남기고 떠났다. 그분은 쓸쓸히 세상을 떠나갔지만, 내게는 커다란 삶의 교훈을 주고 가셨다. 십여 년 가까이 교도관으로서 근무하면서 얻은 깨달음보다 영안실에서의 그 하룻밤의 생각과 깨달음이 더 큰 것 같다. 그 깨달음은 꺼지지 않는 등불이 되어 내게 남은 교도관의 길, 삶의 길을 바르고 따뜻하게 가도록 비추어 줄 것을 의심치 않는다.

그날 이후, 나에겐 작은 습관이 생겼다. 잠자리에 들기 전 그날 있었던 일을 되돌아보며 깊은 생각에 잠기는 습관이다. 어느 날 면회실의 젊은 직원이 무심코 건넨 말 한마디가 고인이 된 그분과 그의 부인에게 마음의 깊은 상처를 주었던 것처럼, 나는 오늘 깊은 생각 없이 쏟아 놓은 말들 중에 누군가의 가슴에 깊은 상처를 주는 말은 없었는지를 생각해 보곤 한다.

재소자들 역시 우리 교도관들과 다름없는 똑같은 인격체다. 그들에게도 우리처럼 듣는 귀가 있고 느끼는 감정이 있다. 사물을 보는 시선도 있다. 친절히 잘 대해 주면 고마운 줄도 알고, 생각 없이 함부로 대하고 말하면 마음 아파하고, 심지어 원한을 가질 수도 있다. 수형자들도 수의(囚衣)를 벗고 가정으로 돌아가면 사랑받는 귀한 집 아들이요, 한 집안의 든든한 가장이며, 훌륭한 사회의 일원인 것이다.

행인의 두꺼운 옷을 벗기는 것은 강한 바람이 아니라 따뜻한 햇볕인 것처럼, 수형자들의 비뚤어진 심성을 바로잡고 교정·교화시키는 것은 교도관들의 성직자적인 깊은 이해와 관심 그리고 헌신적인 사랑일 것이다. 대화를 통해 수형자들의 아픔에 귀 기울이고 상처받은 영혼을 따뜻한 사랑으로 감싸 안을 때, 비로소 비뚤어진 심성을 바로잡을 수 있을 것이다.

재소자들은 지금 이 순간만큼은 가정과 사회 또는 국가에 해와 누를 끼치고 수용되어 있는 자들이다. 그런 그들이 올바른 마음과 건전한 정신상태를 가질 수 있도록 지도하여 가정과 사회로 복귀시키는 것이 우리 교도관의 의무요, 사명이다. 나는 어느 곳 누구에게나 교도관이라는 직업을 자랑스럽게 말한다. 내가 하는 일에 보람을 느끼고 있기 때문이다.

우리 교도소에서는 수년 전부터 전 재소자에 대해 한문교육을 실시하여 그 실력이 크게 향상되었음은 물론, 성현들의 귀한 가르침이 담긴 『명심보감』 등을 공부한 덕분인지 모두가 예절 바르고 관규(官規)를 잘 준수하며, 질서 있는 수형생활로 심성들이 일반인 못지 않게 순화되어 가고 있다. 그리고 건강 상태를 위해 적절한 맨손 체조와 계절 분위기에 맞는 다양한 프로그램을 실시한 덕분에 안전사고는 물론, 환자가 거의 발생하지 않는다.

그렇다. 내가 하는 일에 최선을 다하고 맡은 바 임무를 성실히 수행할 때 그 보람은 제일 클 것이다. 또한 우리 교도소에 찾아오는 모든 외래 민원인들에게 겸손한 자세로 친절을 베풀어 주어 슬프고 불안한 마음으로 가슴 조이며 찾아왔다가도 흐뭇한 마음으로 안심하며 돌아갈 수 있도록 하고, 최선을 다하여 친절하게 근무에 임해야 할 것이다. 언젠가 우리가 수용하고 있는 수형자들이 건전한 사고방식과 건강한 몸으로 가정과 사회로 돌아갈 때, 우리 사회는 밝고 명랑해질 것이라고 확신한다.

우리가 근무하는 교도소라는 곳은 국가 사회의 축소판이라고 할 수 있다. 직장 분위기도 재소자와 교도관과의 관계, 직원 상호 간의 관계, 파트별 야근 순번에 따라 다르다.

이런 이야기가 있다. 옛날에 어떤 착한 사람이 죽어서 이승을 떠나 저승에 가게 되었다고 한다. 그런데 천당으로 가느냐 지옥으로 가느냐 하는 재판에서 염라대왕이 오판을 하여 착한 사람을 지옥으로 보내고 말았다. 지옥에 가니 지옥에 있는 사람들이 진수성찬을 차려 놓고 이 사람을 위해 환영식을 치루고 있었단다. 그런데 젓가락이 1미터가 넘는 아주 크고 긴 젓가락이라서 아무도 먹지 못하고 각자 먹으려고 몸부림만 치고 있었다고 한다. 그리고 얼마 후 염라대왕의 오판이 바로잡아져 이 착한 사람이 다시 천당으로 보내졌다. 역시 천당에서도 똑같은 잔칫상이 차려졌는데, 광경이 사뭇 달랐다. 긴 젓가락을 이용하면서도 음식을 자기 입에 넣으려 하지 않고 마주앉은 사람의 입에 넣어 주면서 맛있게 먹고 있더라고 한다. 우리가 근무하는 교도소 역시 마찬가지일 것이다. 수형자는 수형자대로, 근무자는 근무자대로, 감독자는 감독자대로 자기의 입장만 생각한다면 그곳이 바로 지옥이 될 것이다. 서로가 상대편을 이해하고 협력한다면 이곳이 바로 최고의 만족을 느끼는 직장이 되리라고 확신한다. 우리 스스로 '나 하나쯤이야' 하는 안일한 사고방식을 버리고 서로의 입장에서 협력한다면 우리 교정의 마을, 우리 전체 사회와 국가는 멈추지 않고 잘 돌아가는 시계태엽이 될 것이라고 생각한다.

처음부터 교정직이 마음에 든 것은 아니었다. 하지만 그들과 함께 생활해 오면서 그들로부터 참 많은 것을 배우고 느낀다. 철창을 사이에 두고 그들과 내가 마주하면, 우리는 서로에 대해 무엇을 말할 수 있을까. 허물어 버릴 수 없는 단단한 쇠붙이 같은 마음이지만, 용서와 사랑의 눈길로 바라본다면 교도관과 수형자 사이엔 그 무엇보다도 따뜻한 사랑이 움트리라. 우리 교도관들은 수형자들이 다시 새 삶을 영위할 수 있도록 자그마한 격려와 용기를 심어 주어야 할 것이다.

10년 전 처음 교정직에 발 들여놓았을 때에는 교도소라는 곳에 대해 잘 알지 못했다. 뿐만 아니라 수형자에 대한 편견도 심한 편이었다. 근무할 때 때로는 말도 안 되는 이유로 교도관을 피곤하게 하는 수형자, 툭하면 싸움을 하고 문제를 일으키는 수형자 등을 수도 없이 많이 만났다. 그런 과정을 거치며 교도관이라는 직업에 대한 회의도 많이 느껴 보았다.

그러나 차츰 시간이 지나며 교도관으로서의 보람을 느끼는 순간들도 생겨나기 시작했다. 퇴근 후 시내에 볼일이 있어 나갔다가 우연히 길에서 나를 알아보고 고맙다고 하며 인사를 전할 때, 휴게실 편지함에 내가 담당하던 수형자가 출소하여 잘 살고 있다는 편지를 보내왔을 때는 교도관이라는 직업에 대하여 보람과 긍지를 느낄 수 있었다. '아! 내가 하는 일이 가장 좋은 일이구나.' 하는 생각도 들었다.

나 자신보다도 타인을 존중해 줄 때 질서가 바로 서고 인권이 바로 설 것이다. 굽은 나무를 펴는 것도 힘들지만, 사람의 굽은 마음을 펴는 것은 더욱더 힘든 일이다. 분명 우리 교도소에 수용하고 있는 수형자들은 가족과 사회, 국가 모두가 걱정하고 우려하는 사람들이며, 그들이 건전한 시민으로 되돌아갈 수 있도록 가르치고 이끌어 나가는 것이 우리 교도관의 사명이라고 생각한다.

한 국가의 질서가 흐트러지는 것은 외부의 적보다도 내부의 적 때문이라고 한다. 우리 교도관이 맡은 임무는 그 누구보다도 중요하고 소중한 임무다. 적이 아닌 우리의 이웃으로 돌아올 사람들의 인권은 질서가 충만한 가운데 이루어질 수 있다고 생각하기 때문이다. 우리는 교육자이자 늘 성직자처럼 살아야 하는 존재다.

국가 내부를 정립하고 사회질서를 바로 잡는 일은 분명 소중하고 가치 있는 일이다. 우리 교도관들은 사회로부터 낙오된 인격적 결함자들을 대상으로 재교육하여 선량한 시민으로 사회에 복귀시켜야 할 의무가 있다. 때문에 우리 교도관들은 지속적인 관심과 사랑의 눈길로 수형자들을 지켜보아야 할 것이다.

보고 싶은 경교 대원에게 띄우는 편지

가끔 집에서 앨범을 뒤적이다가 보면, 경비교도대원들과 같이 찍은 사진이 나온다. 사진 하단에는 1994년 9월 26일이라는 날짜가 찍혀 있다. 그해 대구교도소에서 전국 교도관 무도 대회 태권도 지역 예선을 치르고 우승한 기념으로 찍은 사진이다. 최기주 수교, 윤기철 상교, 김유철 상교, 한덕용 일교, 당시 막내였던 박승준 이교 등이 함께했다.

1994년도 전국 교도관 무도 대회에서는 나도 태권도 부분에 출전하였으므로 경비교도대원들과 같이 태권도 훈련을 하였다. 지금이나 그때나 경비교도 대원들 지역 예선을 통과하여야만 전국 교도관 무도 대회에 출전할 수 있다. 경비교도대원들과 같이 달리기, 발차기 연습, 대련 등 그날 훈련을 소화하고 샤워할 때, 특히 온몸에서 김이 모락모락 올라갈 때는 기분이 몹시 상쾌하고 좋았다.

남자들은 10여 년 나이 차이가 있으나 없으나 운동이라는 것을 통해서 좀 더 가까워지고 친해지는 것 같다. 서로가 서로를 알아주니까.

문득 들춰 본 앨범에서 우연히 발견한 그들. 그들과의 추억을 떠올리며 옛 기억을 곱씹어 보니, 그리움이 사무쳐 밀려온다. 이것은 그 시절 함께했던 대원들에게 보내는 편지다.

운동하기 전 연무관을 깨끗이 청소하고 예의바르던 대원들아, 보고 싶구나.

운동이 끝난 후 체육관에서 함께 삼겹살을 구워 먹고 통닭도 나누어 먹곤 했는데, 그 사이 너희들 뒤에 또 다른 후배들 많이 지나갔단다. 가끔 연무관에서 덤벨, 완력기 등을 만지면서 너희하고 같이 어울렸던 그 자리를 보고 있노라면, 그때 그 시절 생각이 많이 난다. 제대하고 사회에서도 운동은 계속하고 있는지, 학교는 졸업하고 어디에서 무얼 하며 살고 있는지, 가끔씩 너희들의 얼굴이 떠오른다.

소대에서도 근무할 때 젊고 씩씩하게 직원들한테 인사하고 근무도 아주 잘하던 너희들은 아마 사회에서도 누구보다 잘 살고 있으리라 생각된다. 언젠가 집사람과 같이 안동 시내에 갔을 때 나를 부르며 큰소리로 인사해 줬을 때 정말 고마웠단다. 그날 저녁 집에서 누구냐고 물어보면, 나도 기분 좋게 '같이 근무하는 경비교도대원'이라고 이야기하고 했단다.

지금 우리 안동교도소 경비 교도대들은 너희들이 세운 전통대로 잘하고 있단다. 예의도 바르고, 빨리 잘하더라. 부디 건강하게 잘 살길 바란다.

합동접견을 위해
여름에 꼭 지켜야 할 사항

우리 안동교도소에서는 한문 성적 우수 재소자, 모범 수행자, 1~2급 수행자에 한해서 재소자와 가족 간의 합동접견을 실시하고 있다. 평상시 일반 면회실에서 유리벽을 사이에 두고 이야기할 때마다 얼마나 안타까웠을까. 그런 안타까움을 덜어 주기 위해 합동접견을 실시한다. 그리고 보면 합동접견은 참으로 좋은 제도인 것 같다. 모처럼 부모·형제를 만나서 안아 보기도 하고 손도 어루만지고 또 가족들이 정성스레 마련한 음식을 먹기도 하면 가족 간의 따뜻한 정을 느낄 수 있으리라. 재소자가 자신의 죄를 반성하고 참회하며 잘 살고 있다는 것을 부모님께 보여 주면, 부모는 안심하고 돌아갈 수 있을 것이다.

작년 여름 합동접견 때의 일이다. 재소자 ○○○ 형제들이 합동접견을 왔는데, 음식물은 여름철에 먹을 수 있는 것으로 가져오고 상할 염려가 있는 회나 어패류 등은 삼가달라고 미리 말해 두었었다. 특히나 교도소에서는 단체급식을 제공하고 여러 사람이 생활하므로 전염병 등 예기치 못한 사고가 생길 수 있어 신경을 많이 써야 했다.

그런데 그날 찾아온 형제들은 공교롭게도 회를 비롯하여 해산물 위주의 음식을 가지고 왔다. 정성이야 가득하지만 허락할 수도 없고, 가족은 울상을 지으며 모처럼 가지고 왔는데 먹게 해 달라고 말해서 정말로 난감했다.

나중에는 사정하며 눈시울을 붉히는 바람에, 면회 온 분과 같이 밖에 나가 통닭을 두 마리 구입해서 늦은 식사지만 맛있게 먹게 할 수 있었다.

다행히 ○○○ 재소자가 가족을 잘 설득시키고 이해시켜서 아무런 일은 없었지만, 정성스레 가지고 온 음식을 못 먹이고 가니 섭섭하긴 하셨으리라. 행여 다음에라도 합동접견이 있으면, 기준에 맞는 음식을 가지고 와 오붓한 시간을 보내고 가셨으면 한다.

무전유죄 유전무죄

어느 누가 '무전유죄 유전무죄'라고 했던가? 교도소에서 직접 근무하면서 이 말에 대해 많은 생각을 하곤 한다. 특히 현장근무 미결사동 근무를 하고 법정에서의 재판과정을 지켜볼 때면 금전의 위력을 볼 수 있고, 사회생활을 하면서 얼마만큼의 권력이 있어야 마음 놓고 세상을 영위해 나갈 수 있을까를 가늠해 보기도 한다.

오늘날 현대의 문명은 급격히 발달했다. 그만큼 부작용도 늘어나고 있다. 자동차의 증가로 인한 교통사고의 발생, IMF로 인한 생계형 경제사범, 그 밖의 많은 범죄로 인하여 평범하던 사람이 재소자의 신분으로 바뀌게 된다. 범죄자가 된 그들은 경찰서 유치장을 경유하여 이곳 교도소로 입소하게 된다.

사람들은 처음 교도소에 입소하면 낯선 환경으로 인해 긴장하고 불안해한다. 신입절차를 마치고 사동거실에서 하룻밤을 지낸 다음에야 꿈인지 현실인지 분별하며 자기 자신을 추스르게 된다. 그리고 가장 먼저 하는 일이 변호사 선임이다. 어떤 변호사를 선임하느냐에 따라 재판결과가 달라지는 법이다. 가히 하늘과 땅 차이라고 하겠다.

아무리 법률서비스의 개선이니, 법조비리 근절이니, 수임료의 과다책정금지 등을 이야기하지만, 실질적으로 우리의 현실은 없는 사람에게 가혹하다 싶을 정도다. 무엇보다도 비싼 변호사 수임료로 인해 서민들이 쉽사리 접근하기가 용이하지 않다. 미국, 영국, 이탈리아 등 일반 선진국들처럼 변호사 한 명당 맡은 인원이 적어지도록 사법시험선발 인원을 늘리고, 판검사 임용도 어느 정도 사회생활과 변호사생활을 거친 사람 가운데서 임용하는 것이 타당하지 않을까 하는 소견도 가져 본다.

교도소에 수용되어 있는 기간에도 시간은 흐른다. 그 시간은 결코 죽어 있거나 멈추어 버린 시간이 아니다. 끊임없이 가족과 연락할 수 있는 시간이다. 또한 재소자들은 언젠가는 사회 속으로 돌아갈 사람들이다.

사람이 태어나 사회생활을 하면서 제일 가기 싫어하는 장소가 바로 병원, 경찰서, 교도소 등이라고 할 수 있다. 개중에서도 1등은 분명 교도소라고 생각된다. 기본적인 법률서비스를 개선하여 국민들이 시간과 공간에 구애받지 않고 생업에 임할 수 있고 '무전유죄 유전무죄'라는 인식이 사라지도록 개혁해 나가야 하겠다. 우선 변호사를 양과 질적으로 늘리고 서비스를 개선하여 다른 어떤 개혁보다 진보하는 개혁이 되었으면 하는 바람이다.

셋, 너에게 띄우는 편지

병원 근무를 하면서 • 컴퓨터 모르면 징역 살기도 힘들다 • 병동을 가기 위한 꼼수 부리기 • 느긋한 마음으로 한 걸음 한 걸음 • 멀리서 동이 터 올 때 • 검사실에서 의 사색 • 담 안으로 넘어오는 새 • '교도소'라는 영안실 • 연꽃처럼 • 우연히 마주 친 스테파네트 수녀님 • 취사장에서 • 선의의 거짓말 • 교도소 안의 밀주 • 한 국가 의 축소판. 교도소 • 기계 소리가 끊이지 않는 영선부 • 구내·외 청소 근무를 하면 서 • 야향목(夜香木)의 소리 없는 은은함으로 • 한 여인의 눈물 • 백석대 교도소캠퍼 스에 튼 새 둥지 • 오징어와 모자(母子) • 서리 • 너에게 띄우는 편지 • 범털과 개털

우리 교도소

병원 근무를 하면서

교도소 근무를 하다 보면 많은 재소자를 수용한 탓에 환자 또는 더 급한 응급환자가 발생하기도 한다. 그때에는 교도소 자체 내에서 병원으로 신속히 이송하여 수술 등 입원 치료를 받게 한다. 신속을 요할 때는 보안직원, 의무과 직원, 운전기사가 빠르게 뛰어다니며, 교도소 자체 앰뷸런스를 통해 이송한다. 그래서 평상시 담당 근무자는 재소자들의 건강상태 등을 잘 관찰하고 체크하고 있다.

병원에서 수술하기 전, 혹은 회복 후 가족과 연락이 안 될 때나 가족이 늦게 올 때는 재소자의 손을 잡아 주기도 한다. 위로의 말도 전하고 친절하게 잘 대해 준다. 가끔 TV에서 방영되는 〈쇼생크 탈출〉과 같은 영화를 보면, 교도관이 악인으로 묘사되곤 한다. 영화 속 교도관은 재소자에게 구타나 언어폭력을 가한다. 하지만 이는 실제와는 너무도 다르다.

재소자가 한곳에 10여 년 동안 있기도 하고, 교도관도 20~30년씩 근무하기도 한다. 그러니 이제는 재소자들과 눈빛만 마주쳐도 '아! 어떤 상황이구나.' 하고 감이 온다. 그래서 교도관은 때로 재소자들의 아버지나 어머니가 되기도 하고, 정신적으로 다독여 주는 친구가 되기도 한다. 교도소란 재소자에게 영원히 머무르는 곳이 아니라 새로 태어나기 위해 거쳐 가는 임시 보금자리라고 상담해 주곤 한다. 입원실에서 재소자와 단둘이 있을 때에는 대소변을 비롯한 모든 간병을 해 준다.

우리도 같은 사람이기에 목숨이 다하는 날까지 기뻐도 하고 슬퍼도 하고, 아파도 하고 또 가끔은 위로도 칭찬도 받으며 살아가리. 아직은 앞으로 살아갈 날이 더 많으므로…….

컴퓨터 모르면 징역 살기도 힘들다

시대가 발전함에 따라 요즘 세상은 점점 정보화되어 가고 있다. 하루가 다르게 변화하고 있는 실정이다. 변화의 속도에 적응하지 못하면 도태되고 마는 것이 오늘날의 현실이다.

내가 근무하는 김천 소년교도소에서도 정보기기반을 운영하고 있다. 이곳에는 사회단체로부터 기증받거나 교정당국에서 구입한 컴퓨터가 상당히 많다. 웬만한 재소자의 타자 실력이 200타 정도이고, 자기 또래의 사회 사람들(청소년)보다 컴퓨터 실력이 오히려 높다고 할까.

어느 날 소년수 한 명이 "부장님, 컴퓨터 모르면 징역 살기 힘들어요."라고 한다. 세상이 급격하게 변하는 정보화 시대에 컴퓨터를 못하면 살 수 없는 것이다. 모두들 사회에 나가 잘 적응하여 살아가기 위해서는 컴퓨터를 열심히 배워서 워드 자격증도 취득해야 한다. 세상은 엄청나게 빠른 변화를 거듭하고 있지 않은가.

내가 대학 다니던 시기(1984년)엔 전산과 학생들만 컴퓨터를 다룰 줄 알았다. 그런데 지금은 어떠한가. 모든 국민들뿐만 아니라,

초등학교 학생들까지 컴퓨터를 사용할 줄 안다. 동네 곳곳에 PC 방이 있을 정도로 컴퓨터는 국민들에게 널리 보급되고 발전된 상태이기 때문이다. 재소자들의 사회적응을 위해 교도소에서도 컴퓨터를 가르치는 것이다.

병동을 가기 위한 꼼수 부리기

교도소의 높다란 담장 안일지라도 결국 인간이 살아가는 사회인 만큼 재소자들이 일하는 일터가 있고, 화단이 있는 뜰도 있으며, 운동장과 잠을 자는 방도 있다. 또한 바깥 사회의 병원에 해당하는 의무과가 있고, 그 옆에는 병동이 있다.

각 출역장이나 사방 생활 중에 긴급 환자가 발생하거나 병의 증세가 심할 경우에는 병동에 입원시켜 수시로 검진과 치료를 받는다. 병동에 수용되는 재소자들 모두 병고에 시달리는 환자인 만큼 병동 근무 담당은 사방 생활을 하는 재소자들이 눕거나 벽에 기대앉아 생활하도록 하여 비교적 심신이 편하도록 배려해 주고 있다.

심하지 않은 외상인 경우는 단기간 치료로 완쾌되어 나갈 수 있다. 하지만 중병을 앓거나 심한 결핵 환자들은 장기간 치료를 받아야 하기 때문에 병동 생활이 자연스럽게 길어진다. 갇혀 지내는 재소자의 처지이기 때문에 하루 일과는 엄격하게 구분된다. 병동에서 지내는 재소자라도 담당 교도관이 일일이 신경 쓰며 생활을 통제하고 간섭한다. 그럼에도 재소자들은 누구나 사동 생활보다는 병동 생활을 하고 싶어 한다. 환자라는 특수성 때문에 비교적 심신이 편하고 사동 생활보다는 간섭을 적게 받기 때문이다. 그러다 보니, 경미한 환자들도 의무과에서 진찰할 때 표정이나 통증을 더욱 과장하여 호소하곤 한다. 제한된 인원을 수용해야 하는 의무과 입장에서는 엄격한 진단결과를 가지고 병동 수용 여부를 가려낼 수밖에 없다. 이렇다 보니 몇몇 잘못된 마음을 먹은 재소자들은 교도소 안팎으로 은밀한 힘을 과시하여 의무과 관계자들에게 병동에 입실할 수 있도록 방법을 강구하게 만들기도 하고 유혹도 한다. 이런 재소자들 때문에 간혹 말썽이 난다. 역시 재소자를 다루는 일은 힘들 수밖에 없다.

이유야 어떻든 자유를 구속당해 갇혀 지내는 재소자의 처지에 엎친 데 덮친 격으로 몸까지 병고에 시달리고 보면 그 괴로운 심정이 오죽할까 싶다. 꾸준하고 규칙적인 투약으로 병이 완쾌되었을 때 치료를 담당했던 의무과 관계자와 주변인들에게 고마움을 표하기도 한다. 이것이 인간의 당연한 마음 아닐까 싶다. 그럼에도 불구하고 이런 일반적인 통례와는 다른 현상들이 가끔씩 일어나곤 한다. 그때마다 마음이 아프다.

얼마 전 신입 미결수가 들것에 실려 오다시피 하여, 입소하던 날인데도 검진 후 병동에 수용되어 치료를 받게 되었다. 날마다 검진하고 투약도 하여 모두가 노력한 결과, 입원 한 달 남짓 지나자 거동이 자유로워졌다. 그 정도면 충분히 일반 사동에서도 생활하면서 치료를 해도 된다고 판단하여 전방시키기로 결정하고 본인에게 통보하였다.

그런데 그때까지만 해도 비교적 자유롭게 병동 안에서 동료들과 웃고 별 어려움 없이 생활하던 그 재소자는 돌연 언행이 급변하였다. 자기 병이 조금도 완쾌되지 않았으니 일반 사동으로 옮길 수 없다는 것이었다. 아무리 알아듣게끔 설명해 줘도 막무가내였다. 의무과장의 진찰 결과에서도 별다른 이상이 없다는데 부득불 우겨대니 참으로 답답한 일이었다.

할 수 없이 소외의 공립병원으로 외진을 갈 수밖에 없었는데, 세밀한 종합검진 결과도 이곳에서처럼 커다란 이상을 발견치 못했다. 결국 그 재소자의 심중은 뻔한 것이었다. 재판 시일은 다가오고 죄에 대한 뉘우침이나 부끄러움보다는 어떻게 해서든지 징역살이를 면해 보자는 심산으로 계속하여 병세가 심한 환자 흉내를 냈던 것이다. 아무리 아픈 척을 해도 아무 소용이 없자, 이번에는 변호사를 앞장 세워 이른바 병보석이나 형 집행정지 같은 행형제도(行刑制度)의 허점을 노려 교활한 방법으로 석방되고자 했던 것이다.

그동안 정성껏 치료했던 의무과 의사나 담당들은 치료해 주고 재소자에게 욕을 먹는 기가 막힌 일이 벌어졌다. 그렇게 간절하게 나가고자 하는 마음으로 살았더라면 4.5미터의 높은 담 안에 들어오는 일은 결코 없었을 텐데 하고 생각하니 마음이 무거웠다.

어쨌거나, 징역살이도 서러운데 아프지는 말아야 할 일이다. 그러나 건강 하나조차도 자기 마음대로 되는 일이 아니다. 하긴 한

번 생각을 돌릴 때마다 극락과 지옥이 내 것이라 했는데, 담 안이 지옥인지 담 밖이 극락인지는 여태껏 양쪽을 다 살아온 나 역시 가끔은 헷갈릴 때가 많아 어지럽다. 이래저래 어려운 징역살이다.

느긋한 마음으로 한 걸음 한 걸음

아카시아 향기 그윽한 신록의 5월. 교도소 담장 주변으로 아카시아 숲이 조성되어 있다. 매년 이맘때면 숲에서 가까운 사동에서는 아카시아 향기를 맡을 수 있다.

서울에서는 한강을 내다볼 수 있는 아파트가 한강을 내다볼 수 없는 아파트보다 엄청나게 비싼 값에 매매된다고 한다. 안동교도소에 있는 사방 중에서 제일 비싼 값으로 경치가 제일 좋은 곳을 친다면, 서예반이 쓰고 있는 6층 12실일 것이다. 오밀조밀한 교도소 거실이라서 고만고만하지만, 그래도 굳이 따져 보면 그렇다는 것이다.

매년 서예대회에서 좋은 성적을 올리고 있는데, 유명한 서예 강사가 지도하므로 실력이 일취월장하고 있다. 밤늦도록 먹을 갈고 서예를 연습하며, 아울러 직원들한테도 공손하게 예를 갖추는 것을 보면 확실히 교정·교화가 이루어지고 있음을 느낄 수 있었다.

얼마 전 서예반에서 출소한 김 모 씨에게서 다시 가족들과 합치고 잘 살고 있다는 편지가 왔다. 먹이 한 번에 먹물로 변할 수 없

듯이 느긋한 마음으로 한 걸음 한 걸음 수양 생활에 정진하는 것
이야말로 교도관이 수용자에게 바라는 마음이다.

멀리서 동이 터 올 때

새벽 1시, 선·후번 교대를 하고 사방 복도 순시를 한다. 1개 사동에는 100여 명의 재소자들이 수용되어 있다. 저녁 8~9시경, 조금은 웅성대던 재소자들이 조용히 잠들어 있는 모습을 보고 그제야 안심한다. 행여나 환자는 없는지, 자살 우려자는 어떠한지, 감기 증상이 있다는 재소자는 어떤지 일일이 얼굴을 확인하며 관찰한다. 요즈음 매스컴에 오르내리는 사건들을 보면 어느 한쪽은 부와 권력과 미모를 이용해 병역비리다, 조직 폭력이다 하고 우글거리고, 어느 한쪽에서 실업이다, 고용창출이다 하면서 거세게 외치고 있다. 이 시대 분위기를 보라. 이처럼 우리 사회는 양극화되어 가고 있는 것이다. 한쪽은 가진 게 너무 많아서 교도소로 오게 되고, 한쪽은 가진 게 너무 없어서 교도소에 오게 된다.

가끔씩 소년 수용자들과 면담을 하다 보면 대부분이 결손가정인 경우가 많다. 우리가 사는 사회 국가에서 나 자신, 가족, 그 집안, 지역, 가까운 곳부터의 질서가 소중하지 않을까? 조용한 발걸음으로 거실을 순시하다 보면 새벽녘이다. 어느덧 배가 고프기도 하고 속이 쓰라려 오기도 한다. 아마 생활 리듬이 맞지 않기 때문인 것 같다.

소년교도소 앞 금오산 자락 저 멀리서 동이 터 온다. 붉은 태양과 함께 하루가 시작되려는 것이다. 빛나는 태양처럼 젊은 소년수들이 잘 알아주었으면 좋겠다.

검사실에서의 사색

　오늘은 미결수의 검사 취조 시간이다. 간혹 기결 재소자도 추가 사건으로 검사 조사를 받기도 하지만, 주로 경찰서에서 검찰청으로 송치된 사건을 검사가 기소하기 위해서 보강조사 형식으로 취조를 하게 된다.

　각 호실의 검사실에서 "이러이러한 일을 했습니까? 말하시오." 라고 말하면, 피의자는 "모릅니다. 왜 이러십니까?"라고 답한다. 그런 식으로 서로 한참을 옥신각신한다. 때로는 서로 간에 고성이 오가기도 한다. 울며 잘 봐달라고 하는 읍소형, 겁에 질린 겁쟁이 형 등 수사관 앞에서 다양한 인간 군상들이 등장한다. 어떨 때는 계호하고 있는 내가 조사를 받는 기분이 들기도 한다.

　한 국가에 법이 있고 국민으로서 법에 순응하고 따라야 하는 것이 국민 된 도리다. 하지만 가끔 이런 생각도 해 본다. 진짜 저 사람이 죄를 지었을까? 인간이 인간을 수사하고 변론하고 재판을 할 수 있을까? 인간이 인간을 심판할 수 있을까?

　판사나 검사나 피의자나 교도관이나 죽으면 모두 한 줌의 흙으로 돌아갈 텐데, 만약 저들이 염라대왕 앞에 나란히 선다면 누구를 천당으로, 또 누구를 지옥으로 보낼까?

담 안으로 넘어오는 새

교도소에 근무하다 보면 새를 보는 일이 통 어렵다. 까치, 까마귀 등 흔하게 마주칠 수 있는 새들조차도 교도소 담 안으로 넘어오는 것을 본 적이 없다. 이상한 일이다. 특히 청송에서 근무하던 시절, 감호자들이 우스갯소리로 저 하늘에 날아다니는 새들도 교도소는 피해 간다고 이야기하는 것을 들은 적이 있다.

작은 참새나 물새 등 작은 종류의 새들은 들어오나, 까마귀나 조금 큰 새들은 도통 들어오지 않는다. 날아다니는 새들도 교도소를 아는 것일까. 조금 떨어진 야산이나 교도소 입구 미루나무까지는 새들이 오지만, 4.5미터 담 안으로 들어오는 새는 보질 못했다.

이따금 사람이 키우는 새나 빵이나 음식물 부스러기를 좋아하는 비둘기는 보여도 다른 날짐승들은 보이지 않는다. 새들도 알긴 아는가 보다. 날짐승도 이곳이 교도소라는 것을 알고 들어오지 않으려고 한다.

이곳은 인간 세상이다. 헌데 인간들뿐만 아니라 지구상에 존재하는 동식물 모두가 이곳이 교도소라는 사실을 인식하는 모양이

다. 만물이 기피하는 곳이 나의 직장이며 삶의 터전이라고 생각하
니 마음 한편이 씁쓸해진다.

'교도소'라는 영안실

나는 교도소를 '영안실'이라 표현하고 싶다. 세상에서 가장 가기 싫은 곳이 어디냐 하면 교도소요, 누구든지 자기가 한번 들어가고 싶다고 해서 마음대로 들어갈 수 있는 곳도 것도 아닌 곳이 교도소이기 때문이다. 일단 교도소에 수용되면 행형법에 규정된 시간이 경과해야만 나갈 수 있다. 하룻밤만 더 보내고 싶다고 해도 더 있을 수 있는 곳이 아니다.

교도소에 들어오면 모든 개인물품이 영치되고, 신분장이라는 새로운 호적등본을 가지고 생활이 시작된다. 근무하는 교도관도, 군복무를 하는 경비교도대도, 수행 생활을 하는 재소자도 일정한 시간이 되면 떠나야만 하는 것이다.

사람이 죽으면 무덤에 묻히기 전 영안실에 머무르는 것처럼, 교도소에 들어온 자라면 언젠가는 세상 밖으로 떠나야 한다. 머무는 기간이 얼마나 됐든 간에 언젠가는 떠나야 하는 곳이다. 독립된 장소, 독립된 시간, 독립된 공간에서 하나의 문화를 형성하고 언젠가 출소해서 되돌아갈 곳은 바로 가족의 품이다. 가족들의 지대한 관심과 사랑이 있을 때, 피정 영안실에서 새로운 삶으로 새싹을 틔우고 고귀한 세상으로 되돌아갈 것이다.

가족, 사회가 발달하고 경제가 위기에 처하고 세상살이가 고되고 각박해지더라도, 가족이라는 따뜻함은 잃어버리지 말아야 할 것이다. 가족은 우리를 이끌어 주는 가장 커다란 힘이며 끝내는 우리가 돌아가야 할 최후의 보루라고 생각한다. 가정이 편해야 사회가 바로 서고 사회도덕이 바로 설 때 국가가 번성한다고 생각한다.

가족에 대한 소중함과 따뜻함을 바탕으로 도덕과 질서가 바로 서는 세상을 꿈꾼다.

연꽃처럼

　라일락 향기 그윽한 5월 초, 따스한 봄 햇살이 내리쬐면 모든 생물이 활기를 찾는다. 이제 며칠 후면 4월 초파일 석가탄신일이다. 교도소 불교관에서는 불교 집회 후 불교신자인 재소자들이 모여 앉아 연꽃 모양의 등을 만들어 불교관 및 소내 곳곳에 달아 놓고 저마다 소원을 빈다.

　4월 초파일은 국경일로 많은 사람들이 휴무를 즐긴다. 이곳 교도소에서는 가석방 혜택, 특식 제공 등이 있기에 설렘 속에서 손꼽아 석가탄신일을 기다리게 된다.

　빨간색, 분홍색 또는 여러 색상을 섞어 만든 크고 작은 연등, 플라스틱 컵라면 용기를 재활용하여 만든 연등은 그 무엇과도 비교할 수 없을 정도로 독특한 아름다움을 뽐낸다. 재소자들의 기막힌 손놀림과 정성으로 만들어진 연등은 참 보기 좋다. 복도 곳곳에서뿐만 아니라 사무실까지 경건한 분위기가 넘쳐난다.

　연꽃은 우리가 익히 아는 대로 더러운 연못이나 수채골에서 가장 깨끗하고 순수하게 피는 꽃이다. 부처님의 출생과도 남다른 인연이 있다고 하는 꽃이며, 오염된 물을 정화시키는 능력도 탁월하기에 연등행사까지 열리는 게 아닐까 싶다.

재소자들이 이곳에서 바른 마음, 깨끗한 마음으로 출소하여 사회에서 모범이 돼 연꽃처럼 세상을 정화시키는 사람으로 다시 태어났으면 한다.

우연히 마주친 스테파네트 수녀님

모처럼 서울에 볼일이 있어 기차를 타고 서울역에 도착했다. 개찰구를 통과해서 대합실을 통과하는데 어떤 여인이 어깨를 툭 치면서 "정 부장님!" 하고 부른다. 깜짝 놀라 돌아보니 스테파네트 수녀님이시다.

스테마네트 수녀님은 안동교도소에 2주일에 한 번 꼴로 들르신다. 방문하시면 언제나 재소자들에게 좋은 말씀을 해 주시고 유달리 해박한 지식으로 성경 퀴즈를 진행하시기도 한다. TV 아나운서보다도 더 세련되게 말씀하시는 분이시다.

대합실 한편에 마련되어 있는 자판기 커피를 마시며 잠깐 담소를 나누었다. 수녀님은 서울로 발령이 나서 서울에서 3개월 정도 있다가 다시 부산 성당으로 발령이 나게 되어 떠나는 중이라고 했다. 지금 이 시간에도 성경 공부를 하는 재소자들의 얼굴이 하나둘 떠오른다고 하신다. 재소자들이 성경 퀴즈 대회에서 많은 문제를 맞히고 충만한 신앙심을 갖길 바라신다.

세상이 때로는 좁다고 할까. 우연한 장소에서 수녀님을 만나고 반갑게 이야기할 수 있는 시간이 주어져서 참 좋았다. 교도소에는 스님, 목사님, 신부님, 집사님 등 교화 차원에서 많은 종교인들이 오셔서 열과 성을 가지고 열심히 활동하고 있다. 우리 안동교도소에 교회 위원으로 오시는 안숙자 집사님은 30년 가까이 수많은 재소자와 자매 상담을 하고, 재소자들의 교정·교화 대모로서 활동하신다. 정성이 보통이 아니시다. 그분들이 항상 건강하게 사시며 계속 활동해 주시기를 바라며, 그분들의 관심만큼 재소자들이 교정·교화되어 다시는 범죄를 저지르지 않기를 기원한다.

이 글을 쓰면서 어느 성당에 계실지 몰라도, 다시 우리 교도소에 스테파네트 수녀님이 오시길 바란다.

취사장에서

나의 고향에서 가까운 충북 보은 속리산 법주사에 가면, 팔상전 옆 누각 속에 어마어마하게 커다란 무쇠솥이 있다. 한때 천여 명의 승려들을 위해서 아주 커다란 무쇠 밥솥을 만들고 불을 때서 밥을 하고 스님들이 식사를 했단다.

종종 법주사에 들러 솥을 쳐다보면 밥을 한 흔적은 없고, 관람객들이 솥에 던진 복을 기원하는 10원, 100원, 500원짜리 동전만 수북이 쌓여 있다. 정말로 밥과 음식을 해 먹었을까 의심이 가기도 한다.

나도 처음 교도관으로 초임 발령을 받았을 때, 수많은 재소자들의 식사를 어떻게 해결할까 하고 궁금하고 걱정스러웠다. 아니나 다를까 기우였다. 군대나 직원이 많은 회사와 같았다. 수십 명의 재소자가 맡은 임무에 따라 한쪽에서는 커다란 삽으로 쌀을 씻고, 스팀으로 밥을 지으며, 또 다른 한쪽에서는 삽으로 담고 큰 국자로 국을 담는다. 인간이 먹는 수저가 아니고 삽으로 푸고 담는 모습이 우습기만 하다. 교도소에서도 정확한 계산과 배분을 통해 정해진 시간에 각자에게 주어진 일정량의 식사를 한다고 생각하니 재미있기도 하다.

요즘 들어, 돈가스와 샐러드 등 1식 3찬의 메뉴가 다양하게 공급되고 있다. 군대적 요소가 가미되었지만 그와는 또 다른 환경 속에서 밥을 하고 먹으며 징역을 살아간다.

선의의 거짓말

나는 가끔 거짓말을 한다. 물론 선의의 거짓말이다. 담당 근무를 하면서 재소자를 상대하다 보면 재소자들의 집안환경이 전부 천태만상이라는 사실을 알 수 있다. 직업, 성격, 나이, 자라 온 환경, 학력 등 모든 것이 제각각이다. 때문에 가끔씩 재소자끼리 트러블이 있을 때 일단은 한 사람씩 불러 면담을 하고 이야기를 들어 본다. 그러고선 이야기하는 재소자의 말에 맞장구를 치며 거짓말을 하곤 한다. "그런데 저번에 상대편에게 들었는데, 상대방은 너를 생각하고 좋아하는데 이러이러한 점 때문에 힘들어하더라." 라면서 거짓말을 하는 것이다. 선의의 거짓말이다. 면담이 끝나면 또 다른 상대방을 불러 이와 같은 식으로 면담한다. 그 후에 시간이 지나면서 차츰 두 사람의 마음이 누그러지고 결국 화해에 다다르는 경우가 많았다. 이러한 거짓말을 통해 분위기를 다잡을 수 있고, 교정에서 일어나는 사고가 예방되며, 재소자 간 사소한 일로 원수가 되는 일을 예방할 수 있다. 슬며시 똑같은 방법을 쓰니 먹혀들었다. 하하하, 나는 타고난 거짓말쟁이인가. 거짓말은 거

짓말이지만, 다툼 없이 평온을 찾을 수 있다면 앞으로도 얼마든지
거짓말을 하리라.

교도소 안의 밀주

교도소에서는 재소자들이 몰래 술을 만들어 먹는다. 이 사실을 두고 사람들은 의아해할 것이다. 실제로 술을 만들어 먹기보다 술을 만들려고 하다가 미수에 그치는 경우가 많다. 식빵조각, 사과 껍질, 주스, 요구르트 등을 구해서 그것들을 혼합한다. 이후에 페트병에 담가서 발효시키는데, 검방조가 있어서 수시로 검방을 하므로 전부 적발되고 만다.

나도 근무할 때 재소자들이 제조한 술을 발견한 적이 있었다. 술 냄새를 맡아 보니, 썩는 냄새가 진동하여 도저히 사람이 먹을 수 없는 지경이었다. 아마 옛날 할머니들이 가정에서 제사 때나 큰일을 치를 때 찹쌀로 밥을 하고 누룩을 만들어서 술을 만들 때 쓰던 그 제조 방법대로 하려는 모양인데, 이러한 재료와 방법으로 술에 필요한 곰팡이 균이 제대로 생성될 리 없지 않은가. 못된 재소자들은 못된 짓만 한다고, 이런 걸 만들 생각을 한다니……. 행여 부패된 것을 먹었다가 구토 등 신체적인 이상이 나타나면 어찌하려고 하는지 걱정이 앞서곤 한다.

한 국가의 축소판, 교도소

일반인들에겐 '교도소'라는 장소가 익숙하지 않다. 특정 상황에 처한 이들이 아니라면 접하기 어려운 환경이기 때문이다. 하지만 요즈음은 TV나 신문 등 매스컴을 통하여 사회에 많이 알려지고 있어 과거처럼 어둡고 침침한 분위기는 아니다. 이곳 교도소도 사람 사는 곳이다. 재소자들은 하루 일과가 끝나면 저녁엔 TV를 시청하고, 신문이나 뉴스 등 세상 돌아가는 소식을 접하곤 한다.

'한 국가의 축소판'이라 할 수 있는 교도소에서의 기강, 규율, 질서는 특히 국가, 사회의 우물에 비춰진 모습이라고 할 수 있다. 특히 국민의 정부, 앞전의 문민정부는 대대적으로 수용자의 인격을 지나치다 싶을 정도로 중시하여 교도관이 재소자에게 얻어맞고 근무 장소에서 쫓겨 다니는 형국이었다.

국가보안법위반, 강간과 같은 가정파괴범 등 국가를 전복시키고 남의 가정을 송두리째 파괴한 자들이 더더욱 인권을 부르짖고 있다. 지난해 연초 분명히 아군이 아닌 적군인 조 모와 강 모가 이상한 법으로 출소할 때, 방송사와 신문사에서 환호를 보내며 버스까지 대절하고 환영하는 인파를 본 적 있다. 그 광경을 목도한 순간, 내가 근무하는 교도소 바로 앞이 인민공화국인 것 같다는 느낌이 들었다.

나라가 어째 이런가. 남의 인권을 유린한 사람에게 너무 많은 인권을 찾아 주느라 급급하며, 오히려 교도관과 경비교도대원에게는 소홀한 모습을 보여주고 있다. 정부에서는 재소자의 인권만 부르짖지 말고, 열심히 일하는 교도관과 경비교도대원의 마음도 알아주고 보호해 주기를 바란다.

교도소는 이제 갓 입소한 미결수에서 교도소장까지 하나의 작은 국가를 형성하고 있다. 교도소 안에서 수용자는 출소하는 날까지 수형생활을 하고, 교도관은 퇴직할 때까지, 그리고 경비교도대는 제대할 때까지 생활하게 된다. 소장을 정점으로 하여 교도소만의 사회·문화생활을 영위해 나간다. 또한 널리 교정행정으로 교화위원, 각층 교위원, 정신교육, 학과교육 외부강사, 의사 등의 참여인사와 어우러져 하나의 작은 국가를 이룬다고 볼 수 있다.

재소자는 재소자대로, 교도관은 교도관대로, 경비교도대는 경비교도대로 각자의 임무가 있고 권리가 있다. 자기가 맡은 소임을 다하고 자기의 신분과 위치를 망각하지 말고, 높은 데서 낮은 데로 흐르는 물의 순리대로 법과 질서를 존중한다면, 대한민국이라는 국가 사회는 기강이 서고 국민들이 사회생활을 하는 데 어려움이 없는 국가로 거듭날 수 있으리라고 본다.

기계 소리가 끊이지 않는 영선부

똑딱 똑딱, 똑딱 똑딱! 망치소리.

윙윙— 그라인더의 쇠 자르는 소리.

쉬이익! 산소용접 불꽃 소리.

하루 종일 기계 소리가 끊이지 않는 곳이 영선부이다. 1,300명의 재소자 중에서 배관공, 용접공, 녹수 등을 주특기별로 뽑았다. 문자 그대로 영선(營繕)을 하는 곳이다. 교도소 내 시설을 수선 및 보수하는 곳이 영선부다.

화장실 막힌 곳, 물 안 나오는 곳, 유리창 깨진 곳, 페인트 도색, 연탄집게 부러진 것 등 수많은 것들을 수선하는 걸 보면 내가 생각할 때 헬리콥터도 고장 나면 수리해서 날아갈 수 있게 할 것만 같은 재소자 취업장이다.

항상 작업이 많고, 작은 칠판에 일해야 될 곳이 그득하다. 직원의 지시에 잘 따라 자신의 업무를 착실히 수행하는 재소자들이 고맙기만 하다. 물론 개중에는 교도관을 애 먹이고 말썽을 부리는 재소자들도 더러 있다. 하지만 형기를 마치고 사회에 나가서 잘 살기 위해 묵묵히 일하는 재소자들이 대부분이다. 교도관은 자신의 임무를 착실히 수행하는 재소자에게 더 많은 해택이 돌아갈 수 있도록 노력해야 할 것이다.

구내·외 청소 근무를 하면서

어느 장소나 환경에서 많은 사람들이 모여 살다 보면, 어딘가 한 곳쯤 소홀해지게 마련이다. 그러나 내가 근무하고 있는 곳은 예외다. 이곳은 언제나 청결하고 깨끗한 백색의 공간을 유지하고 있다.

일반적으로 '교도소' 하면 삭막하고 좁은 공간 내에서 비위생적으로 살아가는 재소자들을 떠올리는 사람들이 많을 것이다. 하지만 내가 지난 10여 년 동안의 교정 생활을 통해 느낀 바가 있다면 그것은 바로 사회의 보이지 않는 곳곳에서 헌신하는 이들이 많다는 점이다. 그중 하나로 청소부 아저씨들의 헌신적 노력이 있다. 우리가 쾌적한 공간에서 생활할 수 있는 건 모두 그분들 덕분이라는 사실을 잊지 말아야 한다.

7~8월의 무더운 여름날에는 잡초 제거와 각종 쓰레기 분리수거 및 장마철 빗물에 패인 곳곳의 흙더미를 메우고 고른다. 재소자들의 이마 위로 흐르는 구슬땀이 그들의 지난 잘못을 씻어 내는 듯했다. 다시 가을에는 떨어지는 낙엽들을 쓸어 태우고, 겨울이면 각 사동과 근무 장소에 연탄을 배달하고 또 연탄재를 수거하여

청소차에 옮겨 싣는 일까지 도맡는다. 쉼 없이 나오는 쓰레기들을 매일 같이 치우면서도 춥다 덥다 하는 불평 없이 묵묵히 맡은 일에 최선을 다해 주는 그들의 모습에서 나는 고마움과 진한 인간애를 느낀다.

그들의 일과는 거기서 그치지 않는다. 바쁜 일과를 정리하고 각자의 지정된 거실로 들어가 저녁식사 후 6시에서 8시까지 TV 시청을 한다. 하루 일과를 접기엔 너무도 소중한 시간이었던지 재소자들은 밤늦도록 한문 공부를 한다. 우리 소에서 실시하는 한문 월례 평가에 적극 참여하기 위해서다. 밤늦도록 한문책을 책상 위에 펴 놓고 한 자 한 자 정성을 다해 자신의 것으로 만들어 가곤 한다.

새벽의 동정 시찰을 하려고 걷다가도 나는 나의 구둣발소리가 혹여나 재소자들의 공부시간을 방해할까 봐 조심스러워지곤 했다. 하루의 피로를 잊은 채 밤새도록 켜 있는 형광등 불빛 아래에서 진지하게 공부하는 그들의 모습에서 나는 나의 부족함과 함께 참다운 인간애를 느낀다. 비록 지난날 한때의 잘못으로 이곳에 왔지만, 모든 것이 자신들의 무지함과 잘못이라는 깊은 반성으로 어떤 일에도 인내하고 묵묵히 노력하는 이들의 모습은 말로써 세상의 모든 용서를 바라는 세인들의 허위보다 진실하며 아름다운 몸짓을 보여 준다.

비록 짧은 근무 기간이었지만 마음에 쌓인 먼지를 털어 내듯이 곳곳의 청결함을 지켜 가는 이들의 묵묵함을 보며 온 것이 아니었

나 싶다. 참다운 교정의 모습은 이들의 말없는 실천에서 더욱 값

진 결과를 얻는 것이 아닐까 싶다.

야향목(夜香木)의 소리 없는 은은함으로

무더운 여름날, 야간근무를 하다 보면 묘한 향기에 젖어들 때가 많다. 삭막하고 폐쇄된 공간 속에서 향기로운 내음을 느낄 수 있다는 사실은 얼마나 감사한 사실인가? 향기를 따라가다 보면, 우리 소에서 키우는 야향목의 짙은 이끌림에 젖어든다.

원예에서 일정 기간 키우다가 각 사동 거실에 비치한 이 꽃은 모두가 곤히 잠든 야밤에 꽃망울을 터트리고 향기를 뿜어낸다. 은은한 향기도 좋지만, 파리나 모기 등 해충의 피해로부터 벗어날 수가 있다. 그리고 다시 새벽이 오면 소리 없이 꽃망울을 접고 원래의 모습으로 돌아가 내일의 밤을 기다리는 꽃이다.

새벽 1시 교대 근무를 하고 동정 시찰을 하면서 맡는 이 꽃향기는 이 세상 어느 꽃보다도 은은하고 아름답기만 하다. 마치 어머니가 아이의 잠든 모습을 바라보는 듯한 작고 하얀 꽃망울이 지난 허물의 재소자들 마음에 작은 심성 순화의 길을 만들어 줄 것이라 믿어 본다.

이런 야향목 같은 마음으로 타인에게 향기를 뿜어 주면서 살아간다면 얼마나 좋을까. 관용과 자비의 마음을 갖고 세상을 열어 갈 수 있으리라 생각한다. 자신을 연소시켜 세상을 밝게 하는 촛불이나 향처럼 자신을 희생할 줄 아는 소명감을 갖는다면 세상이 훨씬 따뜻해질 것이다. 그런 이들이 내뿜는 온기는 야향목의 소리 없는 은은함으로 피어오를 것이다.

한 여인의 눈물

오늘은 출정 근무이다. 이런 날이면 마음이 조급해진다. 출정은 법원 및 검찰청으로, 미결 및 기결재소자가 구형 또는 선고, 조사를 받을 수 있게 하기 위해 연출하는 일을 말한다. 출정 근무를 하는 날이면 아침 8시에 출근하여 만일의 사태에 대비하여 검신과 함께 수갑을 채우고 포승줄로 묶도록 한다.

모든 준비를 마치고 호송차에 재소자를 싣고 법원 앞에 도착했다. 법원 주변으로 몰려든 가족들이 자신의 자식을, 애인을, 친구를, 형제를 보기 위해 아우성이다. 그들은 교도관들의 제지를 받으면서도 재소자와 눈 한 번이라도 마주치려고 애를 쓴다. 그러나 이곳 안동법원은 조금 협소한 편이다. 피고들이 앞에 3열 정도 앉고, 다음 교도관이 일렬로 앉은 다음에 방청객이 앉는다. 어떤 날은 자리가 부족하여 서서 방청하는 사람들로 북새통을 이루기도 한다.

그런데 오늘은 조금 특이한 사람을 보게 되었다. 아마 가족 중 누군가가 재판을 받을 것 같았다. 법정을 개장함과 동시에 한 여성이 훌쩍거리기 시작하더니, 검사가 구형을 하자 아예 소리 내어 엉엉 울기 시작하는 게 아닌가. 보통 때 같으면 대개의 사람들은 선고와 구형을 할 때에 '아!' 하는 탄식을 내뱉으며 애처로이 머리를 숙이곤 한다. 거의 모든 재판은 조용한 분위기 속에 진행되기 마련이다.

그러나 소란은 호송 중에 발생했다. 여자는 재판이 끝나고 호송차에 오를 때까지 주변을 서성이며 울더니, 호송버스가 출발하자 자신의 승용차를 타고 호송버스를 쫓기 시작했다. 승용차에는 20살쯤 되어 보이는 운전기사가 함께 타고 있었다. 승용차 창문을 열고서는 앞으로 뒤로 호송버스와 나 홀로 추격전을 벌이는 게 아닌가?

여인은 승용차 안에서 호송차 안의 누군가를 부르며 눈물 콧물 범벅이 되도록 애타게 찾고 있었다. 11월이었다. 여인의 긴 머리카락이 찬바람에 흩날렸다. 그 모습은 마치 영화의 한 장면 같았다.

호송버스 안의 사람들은 구형과 선고를 받고 심란한 분위기 속에서도 이런 진풍경을 그저 넋을 놓고 쳐다볼 뿐이었다. 정작 여인의 애인인 듯한 사람은 고개를 숙인 채 얼굴만 붉히고 있었다. 창피함보다 가슴 한가운데 순수함의 마음을 느낄 수가 있었으리라 생각한다. 잠깐 잘못으로 헤어짐이 있지만, 그렇게까지 애태우는 행동은 이곳의 재소자들에게 마냥 유익한 모습은 아니라는 걸 알 수 있었다. 아마 오늘 그 여인의 순수의 마음으로 흘린 눈물이 또 다른 나의 교정 근무에 귀감이 될 수 있으리라 생각한다.

백석대 교도소 캠퍼스에 튼 새 둥지

천안 소년교도소에서는 교양 교육프로그램의 일환으로 수용자 전문 학사과정인 백석문화대학 사회복지학과를 개설하였다. 사회복지사를 양성하기 위하여 30명의 수용자를 대상으로 개설하였다. 야간반도 개설해 근무가 끝난 직원들 가운데 31명의 직원들이 공부할 수 있도록 했다. 교도관들 중에는 이미 대학졸업과 석사과정을 마쳤음에도 불구하고 학업에 열의를 다지는 사람들도 있었다.

2005년 천안 소년교도소 다목적홀에서 수용자와 교도관들은 합동으로 입학식을 거행하였다. 수용자들의 학비의 절반은 후농 청소년재단에서, 그리고 나머지 50%는 백석문화대학에서 부담했다. 교도관들은 자비로 학비를 부담하면서 주경야독을 하게 되었다. 먼저 수용자들은 교육교화과와 교도관들의 적극적인 추천과 수용자들의 학습 의욕을 바탕으로 선발되었다. 필자는 이미 고려대학교 대학원에서 사회복지학을 전공한 관계로 낮에는 수용자들을 지도하고 밤에는 직원 분들의 수업을 강의하게 되었다.

강사 임용에 앞서 석사과정 "교양교육 프로그램이 수용자에게 미치는 효과에 관한 연구"라는 제목의 논문과 이력서를 가지고 강사채용 면접시험을 보았으며, 공무원 규정상 주간 수용자들의 수업에는 참여하지 못하였고 야간 수업에는 학기당 한 과목 내지 두 과목씩 강의를 하게 되었다. 그리고 주간에는 검정고시준비를 하는 수용자 30여 명과 백석문화대학 수용자를 지도하게 되었다. 교도소 내 대학이라는 곳에서 근무를 하게 된 나는 백석문화대학 천안소년교도소 캠퍼스에서 수용자, 교도관 학생들과 함께 하나의 둥지를 틀었다.

　수용자 교육을 통하여 이들을 교정·교화시켜야 된다는 이강용 전 소장님의 의지와 천안 소년교도소 직원들의 열의는 대단하였다.

　주간 수용자들의 수업시간. 난생 처음 대해 보는 사회복지학과 인간행동, 사회복지정책론과 아동복지, 청소년복지, 노인복지 등 소년 수용자들이 대하는 과목은 어색하고 낯설기도 하였다.

　다행인 것은 30명의 수용자들 중 선두그룹 6명은 지방의 국립대학 및 서울의 어느 대학에서 학업을 하던 중 범죄로 인하여 교도소에 수용된 관계로, 면학분위기에 매우 긍정적인 효과를 발휘하였다. 또한 일 년 전에 실시한 교양교육 프로그램으로 인하여 한자능력검정 2급, 3급 등 다양한 자격증을 소지하고 있어 오히려 유수의 일반 대학생들보다 한문과 교양 수준이 높았다. 그래서인지 리포트 등을 받아 보면 그 내용이 훨씬 우수하였다.

　일부 뒤처진 그룹은 고개를 설레설레 흔들며 도저히 따라 하지 못하여 수업 중 창밖을 내다보고 딴생각을 하기도 했다. 그러한 가운데 현철이란 학생이 무엇이 궁금한지, 수업 시간에 상식 이하의 질문을 계속하였다. 그해 가을, 인간행동과 사회환경 수업 시간에 교수님에게 질문을 하였는데 답변을 제대로 안 해 준다며 "에이 씨팔!" 하고 욕을 하면서 교실에서 나오는 장면을 목격한 나는 즉시 관구실로 연출하였다.

"이놈의 자식! 너, 뭐하는 놈이야? 징벌이야! 각오해. 어데 스승의 그림자도 밟지 않는다는데!"

한창 혼을 내고 있는데, 현철이가 말했다. 자신이 교수님에게 질문하면 답변을 안 해 준다면서 눈물 콧물 범벅이 되어 잘못을 빌고 용서해 달라며 울었다. 현철은 부모의 이혼과 가난 속에서 정규교육을 받지 못하고 교도소에서 실시하는 검정고시와 방송통신고등학교를 통해 학교를 졸업했다. 나는 그가 결손가정에서 자라 온 환경을 염두에 두고, 그의 어깨를 두드리며 다음부터는 그러지 말고 교수님에게 공손하게 대하라고 훈계했다. 어느 부잣집 아들은 자그마한 체구에도 불구하고 부유한 가정형편으로 인하여 월등히 많은 영치금으로 자기보다 나이 많은 수용자들도 함부로 대하고 교도관들 교육도 제대로 듣지 않았다. 게다가 걸핏하면 "우리 아버지가 누구인데! 나 함부로 건드리지 마."라는 등 안하무인격이었는데, 그 소년 수용자의 부모님이 면회를 오셨다. 나는 동년배쯤 되어 보이는 소년 수용자의 부모에게 자식이 귀하라도 너무 많은 영치금을 넣어 주어서는 안 된다고 일러 주고는, 이곳에서는 돈이 귀하다며 여기서 과다한 영치금을 가지고 과하게 먹을거리를 구매하고 그것으로 사람을 부려서는 안 된다는 교육을 하기도 하였다.

일근근무였기에 야간에 직원들을 상대로 수업을 할 때에는 하루 종일 교육대에서 수용자들에게 목이 쉬도록 교육을 실시한 김 주임님이 깜빡깜빡 졸기도 했다. 징벌사동에서 근무하는 천 주임님은 얼굴에 피곤한 기색이 역력했다. 그 모습을 보고 있노라면 안타까운 마음이 들었다. 대부분의 직원들이 일과 후 강의를 청취한다. 졸음과 피곤함을 참으며 공부하시는 그 모습이 너무도 진지하였다.

직원들은 내가 강의할 수 있는 환경을 제공해 주었다. 그들의 배려가 있었기에 현재도 이처럼 글을 쓰고, 박사과정까지 공부할 수 있는 것이 아니겠는가. 사회복지는 사람을 상대로 하는 학문이다. 그렇기에 우리 교도관들에게 적극 추천하고픈 학문이다. 수용자들에 대한 상담과 심리분석, 심리파악, 라포르 형성, 처우 등 실제로 우리 교도관들은 사회복지사의 역할을 하고 있다고 생각한다.

2006년 2월 26일, 첫 졸업생을 배출하면서 수용자나 직원이나 애환도 많았다. 수용자들은 고시반 수용자와 같이 생활하다 보니 고시반 수용자는 백석대생만 예뻐해 준다고 불만을 토로하고, 또 백석대 수용자는 고시반 수용자만을 생각한다며 불만이었다. 가만히 놔두면 패싸움이라도 할 기세였다. 양측의 이러한 신경질적인 분위기를 감지하고 백석대와 고시반 모든 수용자를 집합시키고 교육하는 일도 비일비재했다.

야간 직원들의 수업에 있어서도 현장실습을 가야 하는데 이리로 가자 혹은 저리로 가자 등 의견들이 분분하였다. 결국에는 천안에 있는 장애인시설과 공주의 노인요양시설 등 두 곳으로 나누어 현장실습을 가기도 하였다. 90명에 가까운 수용자와 직원 학생들을 상대하고 10여 명의 교수님들이 수업을 하시는 데 이상이 없도록 하는 일이 주요 임무가 되었다.

많은 수용자를 상대하다 보니 수용자들의 가정에도, 주변 환경에도 이런저런 사고와 소식도 한보따리였다. 어떤 수용자는 누나가 결혼을 하니 막무가내로 귀휴를 보내 달라며 졸랐고, 어떤 수용자는 가족에 우환이 생기는 바람에 서글피 울었다. 그런 수용자는 운동장으로 데리고 나와 같이 걱정하고 위로하며 함께 울었다. 또 어떤 수용자는 가족 중 한 명이 비극적인 종말을 맞이하여 울지도 못하고 '어, 어―' 거리고 있기도 했다. 그때 말도 못 해 주었다는 아쉬움에 그 수용자를 생각하며, 퇴근 후 집에도 안 가고 혼자 소주잔을 기울이기도 하였다.

이런 와중에도 유도선수 출신인 담임을 무섭게 생각하기도 하고 자랑스럽게 생각하기도 하며 나를 잘 따라온 수용자들이 너무 고맙기만 하다. 방학을 이용할 때나 여유 있는 시간에는 소 내에서 실시하는 교양교육 프로그램상의 한문종합평가에서 우수한 성적으로 1등, 2등, 3등을 입상하여 나를 기쁘게 하였으며, 야간 직원 수업에서는 야간근무 때문에 혹은 출장과 교육 때문에 수업에 참여하지 못하게 되는 날이면 꼭 전화를 해 주시던 선후배 직원들에겐 너무 죄스럽고, 후배 직원으로서 미안하기도 하고 한편으로는 고맙기도 하였다.

담임을 연임하고 2년간 강의를 하면서 수용자와 직원분들 그리고 나에게는 백석문화대학 신월 캠퍼스가 하나의 둥지가 되어 버렸다. 여러 번 연임이 불가하여 위탁공장과 관용작업공장을 거쳐 다시 백석대로 오게 되었다. 작년의 신입생은 2학년이 되었고, 신입생을 맞기 위해 지난 졸업생과 같이 청소하고 정리하던 그 장소에서 둥지를 찾아온 새처럼 나를 반겨 줄 때 무척이나 기뻤다.

오늘도 나는 이 자리에서 더 가르치고 열심히 해 보자는 생각으로 굳은 결의를 다져 본다.

오징어와 모자(母子)

추석이 지난 어느 날이었다. 가을의 향연이 이어졌다. 빨간 고추잠자리가 날아다니기 시작하면 고향에 있는 시원한 속리산 계곡 주변에 펼쳐져 있는 황금벌판들이 눈앞에 아른거렸다. 고향 생각이 난 것이다. '이번 주에는 부모님께 한번 인사를 올려야지.' 하는 생각이 저절로 나는 시기였다.

부모는 나이가 들어서도 자식을 마냥 어린애마냥 본다. 이곳 안동에서 직장 생활을 하는 관계로 부모님을 자주 찾아뵙지 못하는 통에 죄스러울 뿐이다.

오늘은 윤번 일근 배치로 접견실에서 접민 안내를 하게 되었다. 얼마 전 추석명절이라 대단히 바쁜 하루가 되었다. 점심식사 하러 갈 틈도 없이 민원인들에게 접견 안내를 하고 질문에 응답하다 보니, 접견 마감 시간인 오후 4시가 다 되었다.

마지막에서 두세 번째쯤 포항에서 면회 오신 50세쯤 되어 보이는 아주머니 한 분이 우리 아들에게 먹이고 싶다며 커다란 오징어 20마리 한 줄을 넣어 줄 수 없겠느냐고 물었다. 포항에서 오셨다며 아들이 오징어를 무척 좋아한다고 덧붙이며 통사정하였다. 내가 규정상 안 된다고 설명하자, 주위에 있는 교도관들에게도 사정을 했다. 시간이 흐른 후 안 된다는 것을 인식한 아주머니는 무조건적으로 우리 직원들에게 한 마리씩 선물을 하였다. 어머니가 자식을 사랑하는 마음에 멀리 포항에서 한걸음에 달려오신 것이었다. 그 마음은 이해가 되었으나, 규정상 아들에게 줄 수 없어 안타까웠다.

6개월 후 담당인사 이동이 된 후, 공교롭게도 그분의 아들을 내가 담당하게 되었다. 가족의 정성인지 아니면 본인의 노력인지, 그 재소자는 성실하게 생활을 잘했다. 가끔씩 맥주 안주로 오징어를 씹을 때면, 그 모자가 생각난다.

서리

세 살 버릇 여든까지 간다는 말이 있다. 청송감호소 근무 시절, 축구볼공장을 담당할 때이다. 운동 시 운동장까지의 거리가 300미터쯤 되어 연출 시 인원이 100명 이상이었으므로 대오를 맞추어 질서정연하게 이동하는데, 그중 한 명의 감호자가 대오를 이탈하여 감호소 주벽을 따라 만들어 놓은 화단에서 무엇을 가지고 갔다.

즉시 제지하고 불러 보면, 손에는 봉숭아꽃 한 포기가 들려 있었다. 며칠 후에 또 붙잡아 보면 이번엔 배추 포기를 가득 들고 있는 게 아닌가. 하여튼 뭐든지 보면 훔쳐야 직성이 풀린다고 한다. 동료 감호자들도 혀를 내두르며 양말, 팬티까지도 훔쳐다 놓고 신지도 않으면서 저런다고 했다. 나이도 50살이나 되었다.

담당책상 앞에 불러서 의자에 앉혀 놓고 이야기를 꺼내 보니, 자기는 어렸을 때부터 서리를 하다 보니 이제는 뭐든지 안 훔치면 정신이 이상하다고 했다. 남들이 아무리 비아냥거리더라도, 화단에서 풀 한 포기라도 꺾고 파헤쳐 와야 속이 시원하다고 했다. 이제 도둑질하는 것이 습관이 돼서 도둑질을 안 하면 본인의 정신이 이상해지기까지 한다고 했다.

그때까지 그 감호자에게는 절도 전화만 11개째였다. 나이 50이 다 될 때까지 평생을 교도소 감호소에서 보낸 것 같다. 자기는 어렸을 때 동네 형들하고 친구들하고 종종 콩서리, 닭서리 등등을 하면서 이것이 죄인 줄도 모르고 바늘도둑 소도둑 된다더니, 자꾸만 훔치고 훔치다 보니 이 지경이 됐다고 했다. 어렸을 때의 버릇은 얼마나 중요한가. 혹시 나에게 나쁜 버릇은 없는지 되돌아봐야 할 일이다. 자기 자신이 파멸되는 것도 모르고 있지는 않은가 다시 한 번 뒤를 돌아보자.

너에게 띄우는 편지

강릉교도소로 이송 간 현우를 생각하면서 이 편지를 쓴다.

교도소 내 인사이동으로 나는 다시 백석대학 담임을 맡게 되었단다. 지난 10월 12일엔 체육대회가 있었지. 그 가운데 백석문화대학 현우 후배들로 주축이 된 돌고래팀은 종합우승을 차지하였고, 소 내에서 실시하는 한문종합평가에서도 재학 중인 후배들이 연속으로 1등을 하고 있어. 가석방과 만기석방으로 출소하고 남은 후배들은 담임인 내가 미안할 정도로 공부를 열심히 하고 수형생활도 잘하고 있단다.

진주와 여주, 강릉, 마산 등 전국으로 흩어진 아이들 중 여주 봉진이, 진주 성민이, 김천 영식이가 서신을 보내오고 나도 연락하고 있단다. 출소하고 이송 간 나의 제자들이 모두 보고 싶지만, 유독 네 생각이 나서 이렇게 서신을 보낸다.

너와의 만남은 내가 2004년도 김천에서 천안으로 발령받으면서 시작되었지. 당시 너는 영선부에 출역하곤 했어. 내가 기억하기로 너는 다혈질이고 욱하는 성격이었지. 천안에서 오래 근무한

직원들한테 사고뭉치라고 이야기를 들었어! 그리고 2005년, 천안 소년교도소에 백석문화대학 사회복지학과가 개설되면서 내가 담임으로서 인사이동 되어 너와의 인연이 시작되었지. 나 역시 대학원에서 석사과정을 마쳤기에 백석대학 담임으로 추천이 되었던 것 같아.

처음으로 소년교도소에서 실시하는 대학 과정이었기에 나 역시도 새롭기도 하고 대학을 운영하는 데 힘이 들기도 하였단다. 하지만 너희들 모두가 열심히 공부하고 졸업해서 내 인생의 보람이 되었던 것 같아. 그건 큰 행복이지. 학업을 무사히 마치고 떠나간 너희들이 대견스럽단다.

교도관인 나도 교도소에서 대학을 운영한다는 사실이 설레고 신기했는데, 너희들은 어떻겠어! 주간에는 많은 과목에 맞추어 교수님들한테 진지하게 강의를 듣고, 질문도 하고, 자습하고, 야간 취침시간에는 백석대학 학생인 너희들이 시키지 않아도 자율적으로 공부하는 모습을 보았다. 그리고 소 내에서 실시하는 한문 및 명심보감 종합평가에서 1등을 하는 등 우수한 성적을 거두었을 땐 무척이나 기뻤단다. 지금은 비록 수용자의 신분이지만, 언젠간 사회복지사가 되어 사회에 보람된 일들을 한다고 생각하니 내 마음이 다 흐뭇하구나.

교도소의 야간근무 시에 발소리를 내지 않으려고 우리 백석대생들이 잠자는 거실을 살포시 들여다보면, 너희들의 모습도 저마다 제각각이었지. 추위에 약한 민열이는 이불을 둘둘 말고 앉아

담요로 책상을 만들어 공부하고, 경주는 새벽마다 공부하고, 현우는 밤 12시, 새벽 1시가 될 때까지 공부를 하다가 얼굴을 책에 묻고 자는 모습을 종종 발견하곤 했어. 대한민국의 어느 대학교 학생들보다 열심히 공부하는 너희들의 모습이었어. 조금이라도 환경이 주어지면 열심히들 공부하는 모습에 감동을 받았단다.

퇴근시간에 시간을 내어 분류실에서 내가 담임을 맡고 있는 제자들의 수용자 신분카드를 한 사람 한 사람씩 꺼내어 보았을 때, 범죄의 경력보다는 부모의 이혼 등 가족관계의 해체로 인한 심적 고통이 너희에겐 더 크다는 사실을 알았단다. 가족이라는 울타리가 얼마나 소중한 것이며 단란한 가정의 행복이 사회국가의 번영이라는 말을 새삼 실감하는 순간이었지.

지금은 비록 살인이라는 죄명으로 교도소에 수용되어 있지만, 새롭게 마음을 다잡고 수형생활을 열심히 하는 모습을 보면서 교도관의 한 사람으로서 감명받고 소년수인 현우 너나 너희들한테 관심을 가질 수 있었던 것 같아.

2005년 늦여름 가을학기를 준비하고 있을 당시, 서무과에서 전화가 왔어. 이혼하고 혼자 계신 데다가 건강도 좋지 않으셨다는 현우 아버지가 자살을 했다고 가족으로부터 전보가 왔노라고…… 나는 담임근무자로서 놀라기도 했지만, 이 충격을 현우 네게 어떻게 알려야 할지 고민을 하면서 아침부터 점심까지 갈등을 했단다.

아버지의 죽음을 받아들이기에는 아직 어린 나이, 그리고 정상적인 죽음이 아닌 자살. 근무자인 내게도 정말 힘든 하루였어. 결심을 하고 조용히 현우 너를 불러 자초지종을 이야기했을 때, 너는 하늘을 한참 동안 쳐다보다가 담임인 나를 끌어안고 울지도 못하고 말을 제대로 하지도 못했지. 나 역시 무슨 말로 어떻게 위로해야 할지 알 수 없었어. 그저 손수건으로 너의 눈물을 닦아 주고 안아 줄 뿐이었어. 그날 퇴근 후 선술집에서 소주 한 병을 마시면서 나 역시 괴로움을 달랬어. 그 후 너와 상담도 많이 했지. 혹시나 네가 다시 예전처럼 방황하는 건 아닐까 하고 걱정했단다. 하지만 너는 스스로 어려움을 잘 이겨 내고 우수한 성적으로 졸업을 했더구나. 그리고 올해 봄 강릉교도소로 이송을 갔지. 자신에게 닥친 시련을 잘 이겨 준 네가 대견스럽고 자랑스럽단다.

현우, 24살이라는 나이에 백석대학 교도소캠퍼스 분위기를 많이 격으로 잘 이끌어 주어서 고맙다. 2005년 가을에는 내가 너에게 제안했지? 우리 각자 미래의 자기 자신에게 편지를 쓰자고 말이야. 아마 먼 훗날, 그때쯤이면 나는 퇴직을 하고 나이 70을 바라보는 나이가 되어 있을 거야. 그날을 떠올리며 반 아이들 전원 모두 나에게 편지를 제출했지. 우리 모두 20년 후에 잘 사는 모습으로 만나자고 약속하며 말이야.

밀봉되지 않았기에 가끔 집에서 편지를 읽어 보면, 너희들의 소망이란 것은 대체로 출세, 미래의 사장, 부자 같은 세속적인 성공에 대한 욕심이 아니라 단란하고 따뜻한 가정을 꾸리는 소박한 바람이었다. 그런 내용이 가장 많더라. 편지를 읽으면서 나 역시 너

214

희들이 갈망하는 것이 무엇인지 알게 되었고, 기성세대가 어떻게 해야 되는가를 알 것 같았어.

현우야, 지금은 비록 영어의 몸이지만, 너 자신을 소중히 하고 갈고 닦으면 나중에는 보란 듯이 잘 살 수 있을 거야! 선생님도 현우보다 더 어린 시절엔 그랬단다. 입시 문제로 원하는 고등학교를 가지 못해 세상을 원망하고 스스로를 함부로 대한 적이 있단다. 그래서 나중에는 대학도 못 가고 나쁜 친구들과 어울려 더욱더 못난 짓만 한 적도 있었어.

부모님 속도 많이 썩혔지만, 다행히 교도소까지 오진 않았지. 그래도 나는 부모님의 그늘 아래에서 행복했던 것 같아. 교도관으로 근무하면서 석사과정을 마치고 박사과정을 공부하는 것도 지난날에 대한 후회와 반성 때문인 것 같아.

상황이 나를 어렵고 속상하게 하더라도 '잘 참고 견디었더라면…….' 하면서 나도 나 자신을 되돌아 볼 때가 많아. 현우야, 새옹지마(塞翁之馬)라는 말이 있지? 복이 화가 되고 화가 복이 된다는 말이야. 노력하고 미래를 준비하는 사람에게는 항상 복이 찾아오리라고 생각한단다.

천성이 착하고 어진 성격인 현우. 지금은 비록 교도소라는 장소에 있지만 아직 젊은 나이야. 그러니 무엇이든지 할 수 있다고 생각한다. 마음먹기에 따라 내 인생이 행복으로 가느냐, 불행으로 가느냐가 결정되는 것 같아. 먼 훗날 20년 후, 지금 우리가 쓴 편지를 웃으며 읽어 볼 수 있도록 우리 같이 열심히 하자!

지금 나는 또다시 백석대학 배치를 명받고 근무하면서, 현우와 졸업생 모두를 내 가슴에 담아 두고 생각하고 있어. 근무 장소에 들어서면 그 자리에 다들 있는 것 같아. 무뚝뚝하고 너희들한테 잘 대해 주지 못한 것이 새삼 미안하구나. 교도관이기 때문에 그럴 수밖에 없었던 것이라 생각하고 이해해 주기 바란다.

이제 겨울이 다가오는구나. 현우아! 겨울이면 비염증세 때문에 고생하지? 감기 조심하고 건강에 유의하면서 수형생활 열심히 하길 바란다. 현우아, 사랑한다.

2007년 10월 15일

천안소년교도소에서 백석대 담임 정상규로부터

범털과 개털

교도소 은어(隱語) 중 '범털'과 '개털'이라는 말이 있다. 범털이란 돈이 많거나 수감 경험이 많은 베테랑(?) 수감자를 일컫는 말이고, 개털이란 사식(私食)은커녕 한겨울에 내복조차 넣어 주는 사람이 없을 정도로 빈곤한 사람, 즉 말 그대로 개털을 일컫는 말이다.

원래 교도소 내에서 범털로 분류되는 부류는 경제사범이나 조직폭력범 등이었다. 경제사범은 통상 돈이 많기 때문에, 그리고 폭력범은 그 잔인한 폭력성으로 인해 수감자들 사이에서 나름의 대접을 받아왔던 축들이다.

그런데 최근엔 범털의 부류가 바뀌고 있는 추세다. 왠만한 규모의 경제사범이나 폭력범 가운데 보스급이 아니면 감히 범털 흉내조차 내기 힘들게 됐다. 그들보다 힘이 센 범털들의 수가 늘어나고 있기 때문이다. 최근 교도소에 거물급 정치인, 기업인, 고위공무원 등 특별한 수감자들이 넘쳐난다고 한다.

현재 서울구치소에 수감 중인 범털은 현역 국회의원 8명을 포함해 30여 명에 달한다. 정대철 의원 등과 박지원·권노갑·서정

우 씨 같은 거물급 정치인이 그들이다. 거기에 손영래 전 국세청장, 김성호 전 보건복지부 장관 등 전직 고위공무원들과 안희정, 최도술 씨 등 노무현 대통령의 측근들, 그리고 SK그룹 회장 손길승, 전 동아그룹 회장 최원석 등 재계 인사들도 빼놓을 수 없는 범털들이다. 이들은 소위 '사회에 물의를 일으켜 격리 수용이 필요한 수감자'로 분류돼 대개 독방을 쓴다. 덕분에 늘 여유가 있던 서울구치소 독방 3백여 개가 거의 포화상태에 이르렀다고 한다.

범털들이 늘어남에 따라 구치소 주변의 주차장 풍경도 바뀌었다. 주말이면 '고급차 전시장'이 될 정도로 부유한 자들이 면회를 온다. 저마다 교도소의 쓴맛을 보고 나온 범털들이 다음을(?) 위해 전격 담합 교도소의 호텔화를 주창하는 일이 생기지나 않을지…….

3장

문학의 길 위에서

하나, 시가 있는 낭만적 삶

봉정사 풍경 소리 • 친구 무덤가에서 • 낙엽 • 지우개1

봉정사 풍경 소리

뎅그렁 뎅그렁
청아한 봉정사 풍경 소리
천 년 세월 가만가만 귀 기울여 보면
단아한 세월의 소리 들린다
살구꽃, 앵두꽃이 곱디곱게 피었을 때
어머니 따라 오던 이 길
오늘은 뉘와 함께 걸어 볼까.
갈참나무에 낙엽 떨어지듯 육신은 사그라들고
고즈넉이 간직한
사랑하는 사람들, 사랑하는 아들아
무심히 흐르는 세월 속에
모정은 깊어 가고
대웅전 단아한 촛대에는 세월의 눈물이 흐른다.
봉정사 돌담가 미루나무 사이로
촛불처럼 하얀 달빛이 고개를 들면
어머니는 두 손 모아 기도하고
뎅그렁 뎅그렁 풍경 소리에 봉정사 밤은 깊어 간다.

친구 무덤가에서

친구야

아무도 찾는 이 없는 산모롱이에 자는 듯 누웠구나.

잡초 우거진 친구무덤가에서 버들강아지 입에 물고

조용히 누우니

살아서 누우나 죽어서 누우나 눕기는 한가지구나!

등하교 때 우리 같이 거닐던 코스모스 한들거리는 오솔길

삘릴리 삘릴리 버들피리 입에 물고 뛰놀던 시냇가

가위바위보 우리 같이 뛰놀던 초등학교 운동장

하얀 종이 위에 우리 꿈 적어 유리병에 담아 두고

무지개 건너서 어른이 되면 꺼내보자 약속했지.

친구야!

무지개 동산에 고이고이 묻어 둔 우리 꿈은 어디로 갔지?

친구야, 일어나게나!

코스모스 한들거리는 오솔길 따라 유리병을 찾아보게나.

너와 나의 꿈이 있는 아름다운 무지개 동산으로 가자구나.

낙엽

수액을 먹고 푸르름으로 살던 잎사귀
모진 비바람을 안고
고통을 감내하던 너
어느새 늙은 몸이 되어
삶의 종착역에 이르렀네.

울긋불긋 찢어진 상흔
괴로움과 고독의 많은 시간들―
이제는 볼품없는 몸이 되었지만
창조주의 섭리에 따르리.

바람에 실려
돌부리에 부딪히고 넘어져도
다시는 슬퍼하지 않으리.
인생은 뜬구름 바람처럼 다가와 구름처럼 흩날리듯
빈손으로 왔다가 빈손으로 돌아가고 흘러가는 것.

지우개 1

아름답지 않은 모든 것을
지우는 지우개가 되어

아름답지 않은
당신의 말과 행동을 지우고

아름답지 않은
당신의 마음을 지우며

아름답지 않던
당신의 과거를 지우고

깨끗하고 아름다운
당신의 마음을 남기고 싶습니다.

둘, 일상을 노래하다

그리운 고향, 그 시절 그때처럼

이따금씩 고향에 가 본다. 어렸을 적 뛰놀던 마을 뒷동산에도 가 보고, 어렸을 적 검정 고무신, 하얀 고무신을 신고 신나게 뛰놀던 초등학교 운동장에도 가 본다.

40여 년 전 우리가 심었던 은행나무는 벌써 아름드리가 되었고, 담임선생님과 같이 멱 감고 송사리, 가재 잡던 시냇가도 예전 그대로다. 그 시절 그때 사람들은 어디로 모두 떠나고 없다. 나도 이제는 가끔 나그네처럼 일 년에 몇 번씩 고향에 들를 뿐이다.

뒷동산에서 멀거니 동네를 바라보며 같이 뛰놀던 친구를 그리워하고 그 시절 그때를 회상하곤 한다. 사는 게 지금보다 못해도 그때는 우리 모두 순수했던 것 같다. 봄이면 진달래 우거진 숲에서 재미있게 놀고 시냇가에서 풀피리 불며 아름다운 추억을 만들지 않았나.

이제 어른이 되어 뒷동산에도 올라 보고 시냇가도 걸어 보면 마냥 즐겁기만 하던 그때 그 시절이 그립기만 하다. 양 옆으로 흐드러진 코스모스 길을 따라 학교 수업을 마치고 귀가하면서 "우리는 장차 무엇이 될까?" 하고 미래의 소원을 유리병 속에 함께 넣던 친구는 지금 무엇을 하고 있을까? 그립다. 이제는 우리가 묻어 두었던 유리병이 있던 자리는 흔적도 없이 사라지고 아스팔트길이 들어섰다.

삶에 지치고 메말라 가는 나 자신이 두렵기도 하다. 때로는 바보가 되고 싶다. 그 시절 그때처럼, 맑은 눈동자와 욕심 없는 마음으로 살아가고 싶다.

고향은 포근하고 그립고 아름답다. 우리 모두 자랄 때의 순수한 마음으로 돌아간다면 정말 살기 좋은 세상이 될 것이다.

40년 만의 만남, 동창회

태양이 지글거리는 7월 삼복더위가 한창이었다. 점심식사를 하고 냉커피를 한 잔 하고자 직원 휴게실에 들르니 낯선 엽서 한 장이 보인다. 30년 만에 처음으로 초등학교 동창회를 열고자 하니 8월 15일 12시까지 와 달라는 내용이다.

고향에 부모님이 계시기에 일 년에 몇 차례 고향 땅에 들른다. 하지만 가뭄에 콩 나듯 가는 경우니, 동네친구 얼굴 보기도 힘들었던 것 같다. 저번에 친구 몇 사람이 모여 우리 동창회 한번 해 보자는 얘기가 나왔다. 오래전 동창들을 일일이 수소문해서 나에게도 연락을 취한 것 같다.

청송에서 3년, 안동에서 10년, 김천에서 2년째! 발령받으면 임지로 가야 하는 게 공무원 생활이기에 수소문하기도 쉽지 않았을 터인데, 사뭇 그 정성이 고맙게만 느껴진다.

8월 15일에 만나는 이유를 생각해 보니 우리 고향에서는 해방 이후 8월 15일이면 그날을 기념하며 면민 체육대회 겸 동네 대항 축구시합을 하고, 출향한 사람들도 그날만큼은 고향을 찾아와서 집안끼리 어울렸으니 설 명절이나 추석 명절이나 다음이 없었기에 날짜를 그리 잡았으리라 짐작이 간다.

언제부터인가 초등학교 동창회가 여기저기서 열리고, 열리는 곳마다 그리움이 묻은 뒷이야기가 너무도 많다. 내가 초등학교를 졸업한 지도 어언 30년이 가까워 온다.

30년의 세월을 넘어 어린 시절로 가려는 사람들의 몸부림은 누구나 같은 것일까? 불혹이 넘은 나이임에도 동창회가 몹시 흥분되고 기다려진다. 초등학교 동창회를 하는 시대의 흐름은 나라고 예외일 수는 없는 것 같다. 요즘 서로 간 연락을 취하는 것은 인터넷과 휴대폰 등 통신 장비의 발달과 문명의 이기 덕분에 어렵지 않겠으나, 만나고자 하는 정성이 앞서기에 오늘의 동창회가 이루어졌으리라.

어언 30년 만의 만남. 그 만남은 그렇게 시작되었다. 장소는 고향에서 가까운 속리산 근처의 고풍스런 어느 레스토랑이었다. 약속된 토담 레스토랑은 속리산 입구에 위치한 토담과 옹기로 장식된 곳이었다. 언제 생겼는지 널찍하고, 나름대로 고풍스러운 분위기가 있어 보였다.

레스토랑에 도착하니 떠들썩하리라 예상했던 것과는 달리 적막이 감돌 뿐 인기척이 들리지 않았다. 주머니에 구겨 넣은 엽서를 꺼내 날짜와 시간, 장소를 확인해 보니, 분명 토담 레스토랑, 이곳이 맞았다.

레스토랑 이곳저곳을 찾아서 우리가 예약한 동창회 장소를 찾

앗다. 방문을 열자 먼저 온 사람들이 반갑게 맞아 주었다. 악수를 하고 자리에 앉으려는데,

"이 사람아, 자네는 소식도 없이 어떻게 사나?"

하는 목소리가 들려왔다. 초등학교 때 내 짝이었던 명호였다. 그도 이제는 흰 머리가 반쯤 섞이고 대머리가 되어 있었다. 벌써 맥주잔을 기울이고 있는 친구들도 보였다. 아주 오랜만에 친구들을 보니 어떤 친구는 얼굴도 낯설고 이름도 기억이 안 난다. 졸업생 중 동창은 통틀어 60여 명 정도 있는데, 몇 명은 벌써 저세상으로 가고 또 몇 명은 미국과 일본에 있기에 오늘은 40명 정도가 모인다나.

청주에 산다는 명철이는 벌써부터 취했는지 노래방 기계에 매달려 느린 박자의 노래를 정신없이 부르고 있다. 몇 순배의 술잔이 돌고 시간이 흐르자, 방문을 벌꺽벌꺽 열고 들어서는 사람들의 숫자가 늘어나기 시작했다.

서울에서, 부산에서, 대전에서, 강원도에서, 그리고 전남 어느 섬에서 산다는 순자까지 왔다. 오랜만에 만나는 사람들은 얼굴을 알 수 없이 서먹서먹했다. 옛날의 기억을 되살리느라 머리를 긁적이다가 옆 사람에게 도움을 청하기도 했다.

우리 몇 학년 때 어떤 선생님이 어땠다, 공림사로 가을 소풍을 갔다, 6학년 졸업여행 때 아산 친충사로 졸업여행을 갔었다, 그때 동수를 잃어버려 모두 찾느라고 애 먹었다 등등……. 다들 지난 이야기를 어떻게 그렇게나 잘들 기억하고 있는지.

"야! 이거, 이거!"

"오! 그래. 네가 경수 맞지?"

"아이고, 나이 먹으니 배가 많이 나왔네. 초등학교를 다닐 때는 피죽도 못 먹은 애 같더니."

악수를 하며 이렇게 옛 기억을 더듬고 있는데, 뜻밖에도 그리 아줌마 티도 안 나고 20대처럼 화사하게 화장을 한 순영이를 발견하게 되었다. 그래, 순영이를 30년 만에 만나게 되었다.

초등학교를 졸업하고 그녀를 한 번도 본 적이 없었다. 소문은 익히 들어 알고 있었다. 그녀가 강원도 어디에서 살고 있으며, 그곳에서 고등학교 졸업하자마자 결혼하고 애를 낳았다고. 아니, 결혼하기 전에 아들을 낳았다고. 아마 지금쯤은 그 애가 나이 스물은 되었을 터였다.

고등학교 때 수소문해서 사랑의 편지를 보내면 "학생이 공부나 해라." 하며 면박과 훈계의 편지를 보내던 순영이. 그 후 25년이 흐른 뒤 순영이를 다시 만나게 되었다.

순영이는 초등학교 1학년 때부터 6학년 때까지 줄곧 나와 같은 반이었는데(1~2학년 때보다 학생 수가 줄어들어 반을 하나로 통합), 반에서 인물이 반듯하였고 공부도 잘하여 인기가 있었다. 6학년 내내 같은 반이었던 순영이. 그런 그 애에게 좋다는 말 한마디 전하지 못했다. 그저 그 애가 하는 일이면 일거수일투족이 예쁘게만 보였다. 어쩌다 길모퉁이에서 마주치기라도 하면 가슴이 쿵쾅거리곤 했다. 그때 나는 그녀를 보는 것만으로 만족해야 했다.

순영이의 큰집이 우리 동네에 살고 있어 동네에서 마주치기라도 하여 "어디 가니?" 하면 "응! 큰집에 가."라고 말하는 정도였다. 멀찌감치에서 바라보던 순영이를 이따금 동네에서 마주친다는 것은 무척 즐거운 일이었다.

순영이와 다정히 이야기해 본 기억은 없다. 순영이와의 관계는 그렇게 일방적인 짝사랑으로 끝났다. 그러나 항상 마음속에는 그녀가 남아 있었다. 다음에 어른이 되면 순영이와 결혼을 해야겠다는 막연한 생각도 했다. 하지만 시간의 흐름은 그 소망을 막아 버렸다.

나도 순영이도 나이가 든 지금, 어느덧 내 자식과 순영이 자식도 그런 추억을 간직하고도 지날 나이가 되어 버렸다. 그런데 오늘 순영이를 만나게 된 것이다. 처음 레스토랑에서 만났을 때 테이블에 둘러앉아 자기소개를 했다. 모두 각자 어린 시절의 자기 자신이 아니라는 것을 증명하려는 듯 얘기하느라 진땀을 뺐다.

세월의 흐름 앞에 아주 자연스럽게 대화를 할 순 없어도 사회자를 뽑고 다음에 만날 시간, 장소, 연락을 확인할 총무와 회장을 뽑고 일단 동창회의는 끝냈다. 그리고 서로 술 한 잔씩 권하며 여흥의 시간을 갖기로 했다. 어쩌다 보니 내가 총무가 되었다.

그리고 나도 모르게 거침없이 이야기를 이어 갔다. 지금 생각하니 술의 힘을 빌린 것 같다. 시간이 무르익어 가자, 나는 순영이에게 실토를 했다.

"순영아! 너는 나의 첫사랑이야."

그리고 나는 잔을 들고 일어서서는

"여러분, 순영이는 나의 첫사랑입니다."

하고 외쳤다. 그러자 여기저기서 작은 소리들이 들려왔다.

"어! 순영이는 내 첫사랑인데.", "나돈데." 하는 식의 말들이었
다. 순간 나는 낭패감을 보았다. 순영이를 첫사랑이라고 하는 사
람이 한둘이 아니었다. 그도 그럴 것이 그녀는 그때 당시 시골 학
교에서 단연 눈에 띄는 아이였기 때문이다. 얼굴 반듯하고 옷 깨
끗이 입고 행동도 예쁘게 했으니 모두 그녀를 사모했으리라.

얼큰하게 술이 취한 좌중은 서로가 첫사랑이라고 우기며 떠들
어 대기 시작했다. 우리가 전세 낸 레스토랑에서 돌아가면서 노래
도 하고, 어느 정도 시간이 흐르자 순서 없이 하고 싶은 사람이 먼
저 했다. 그러다 취기가 오른 사람들이 춤을 추기 시작하자, 이제
모두 일어서서 춤사위를 펼쳤다. 춤인지 노래인지 분간이 안 될
정도로 흥이 넘쳤다.

어느새 낮부터 시작한 동창회가 초저녁을 지나 밤 10시를 훌쩍
넘기고 있었다. 밤이 깊어 갈수록 노래는 푸념으로 변해 가고, 지
친 사람들은 레스토랑의 주방 옆에 있는 방에서 잠을 잤다. 순영
이는 연신 내 옆으로 왔다. 생각지도 않았던 첫사랑의 고백이 그
녀를 내 옆에 붙잡아 둔 것 같았다. 아니면, 내 진실한 짝사랑을
그녀도 감지하고 있었는지, 30년의 가슴앓이가 그에게 그대로 전
달되었는지 알 수가 없었다.

순영이는 술을 많이 먹은 것 같았다. 이제는 술잔을 들고 돌아

다니며 술을 권하더니, 이 사람 저 사람을 붙잡고 춤을 추기도 했다. 그러다 내 옆으로 와서 술을 권하고 또 권했다. 지난 세월을 어떻게 살았는지 나는 더 이상 묻지 않았다. 다만 술에 취해 반쯤 풀린 눈으로 말을 이어 가는 그녀의 얼굴을 마주하자 나는 그만 환상이 깨지고 말았다. 그리움이 공기 중으로 뿔뿔이 흩어지는 것 같았다.

역시 그리움은 가슴에 묻어 두어야 하는 법이었다. 그리움의 대상, 아름다운 꿈이 사라져 버렸다. '아름답고 고귀한 꿈'이 이제는 빗나가 버렸으니, 이 일을 어찌 하면 좋을까? 차라리 그리움은 그리움을 낳도록 먼발치에서 그 자리에 두어야 하는 것인데, 마음이 착잡하기만 했다.

시인 정지용은 "고향에 고향에 돌아와도 그리던 고향은 아니라뇨." 하고 시를 읊었다. 차라리 오늘 순영이를 만나지 말았으면 나는 그녀를 영원히 그리움의 대상으로 간직하고 있었을지도 모른다. 이제는 추억을 먹고 살 나이가 아닌가?

죽어 봐야 저승을 안다

건전한 오락과 취미는 우리 생활에 활력을 준다. 그러나 취미라 해도 도를 지나치면 광(狂)이 되는 법이다. 마침내는 본인에게도 엄청난 해를 끼친다.

월드컵을 앞두고 프랑스 여배우 누군가가 한국의 개고기 음식 문화를 비판하여 연일 화제가 되었다. 공교롭게도 내가 근무하는 교도소에 야생동물법 위반으로 두 사람이 들어왔다. 한 사람은 야생 노루를 잡아서 피를 먹다가 들어온 사람이고, 또 한 사람은 야생노루, 고라니, 오소리를 잡아서 팔다가 들어온 사람이다.

개고기가 사람 몸에 얼마나 좋든, 야생동물이 사람 몸에 얼마나 보신이 되든 상관할 바는 아니다. 먹고살기 위해서가 아니고 취미로 야생동물들한테 총을 마구 쏘아 대는 것은 야생동물 보호법 위반도 되지만 그 또한 악취미가 아닌가 싶다. 게다가 잠자는 개구리까지 배터리로 지져 기절시켜 잡았다고 하니 그게 어디 인간이 할 짓인가 싶다.

옛날 어느 저수지 부근의 어느 마을에 '명동'이라는 사람이 살고 있었는데, 이 사람은 취미 삼아 낚시를 즐기다가 광적으로 변해 끝내는 낚시병에 걸리고 말았다. 눈만 뜨면 낚시 외에는 아무것도 모르니, 이런 생활을 한 지 벌써 20년을 훨씬 넘는단다.

주야장천 고기를 낚았으니 하루에 20마리를 기준으로 한다면 무려 14만 6천 마리라는 엄청난 숫자의 고기를 잡은 셈이다. 한때는 낚시 때문에 가사를 돌보지 않아 우려의 목소리가 높았고, 동리 사람들은 그를 두고 '재기가 불가능한 인간'이라고 칭하며 포기했던 적도 있었다.

낚시에 미친 사람이 그 버릇을 고치기란 애연가가 담배를 끊는 것과도 같다. 죽기 전엔 고칠 수 없는 불치병이라고도 한다. 그런데 그가 얼마 전 낚시를 끊고 새사람이 되었다고 한다. 참으로 놀라운 사실이 아닐 수 없다. 만나는 사람마다 그에 대해 신기하다고 입을 모은다.

그에게 낚시를 그렇게 딱 끊고 새사람이 될 수 있는 비결이 무엇이냐고 물었다. 그랬더니 그는 다음과 같은 이야기를 들려주었다.

어느 날 그가 여느 때와 다름없이 저수지에 낚시를 하러 갔는데, 깜박 잠이 들어 그만 깊은 호수로 빠지고 말았단다. 죽어서 저승이라는 곳에 들어가니, 거기는 저승이 아니고 용궁이란다. 얼마 뒤 정신을 차리고 보니 용왕님 앞에 꿇어앉은 자기를 두고 좌우의 신하들이 명동의 죄에 대한 처벌문제를 놓고 심각하게 의논하고 있더란 것이다.

결국 "죄인 명동은 그동안 자기들의 동료는 물론이고 조상들까지도 많이 잡아갔으니 잔학무도한 죄로 당장 죽여서 뜯어 먹어도 시원치 않으나, 다만 그를 메기로 둔갑시켜 물고기가 겪었던 고초가 어떤 것인가를 당하게 함으로써 후일을 대비하자."는 쪽으로 결론이 내려졌다.

명동은 메기 사자의 인도로 호수에 나왔다. 그때는 벌써 그가 커다란 메기로 변해 있었다. 그러나 그는 메기가 된 것을 모른다. 배가 고파 쩔쩔매는 그의 눈앞에는 지렁이가 꿈틀거리고 있었을 뿐이었다. 그것은 낚시 미끼였다. 처음 고기 신세가 된 그는 먹을 것 못 먹을 것 가리지 못하고 그만 지렁이를 냉큼 삼켜 버렸으니 낚시에 걸리고 만 것이다.

육지로 끌려 나가 보니 낚시꾼은 바로 자기 사촌 형이었다. 명동이는 자기의 허울이 메기인 것도 모르고 '이젠 살았구나!' 기뻐하면서 "형님, 접니다. 명동이올시다."라며 말을 했지만, 고기의 소리를 알아들을 수 없는 형은 망태에 넣어 곧장 집으로 향했다.

커다란 물통에 담아 마당 한복판에 놓고 온 동네 사람들이 모였는데 "세상에 이처럼 큰 메기는 일찍이 본 적이 없다."고들 하면서 막대기로 이리 굴리고 저리 헤치며 재미있다고 야단들이다. 거기에는 친구도 왔고 형수, 형님도 왔단다. 메기가 된 명동이는 말했다.

"자네, 내 친구 아무개잖아! 나를 모르겠는가? 아이고, 형님 납니다. 나 명동이입니다. 형수님, 형수님은 저를 알지요? 아, 명동이라니깐요!"

아무리 소리를 질러도 소용이 없었다. 한 마당에 모인 사람들에게 들리는 소리라곤 찍찍대는 물고기의 울음소리뿐이었다. 얼마 뒤에 사촌 형수가 도마와 칼을 가지고 왔다. 오늘은 아주 큰 놈을 잡았으니 매운탕을 끓여 동네잔치를 열겠다는 것이다. 메기를 도마 위에 올려놓았다. 다급해진 명동이는 또 고함을 질렀다.

"형수님! 형수님! 저라니까요. 시동생 명동이에요. 나를 잡으면 어떻게 합니까?"

아무리 소리치고 애원해도 소용없었다. 형수의 귀에 물고기의 말이 들릴 리 없었다. 형수는 큰 칼을 높이 쳐들었다. 그리고 메기의 배를 '콱!' 찔렀다.

"으악!"

이제는 죽겠다 싶었던 나머지 너무 놀라 고함을 질렀다. 그 순간 명동은 꿈에서 깨어났다. 명동이의 이마 위로 식은땀이 흘렀다.

'바로 이것이구나! 그동안 내가 고기를 너무 많이 잡았어. 이젠 그만둬야지.'

그리하여 명동이는 낚시광에서 벗어나게 되었다는 이야기이다.

아무튼 누가 지어낸 이야기라곤 하지만, 그 속엔 멋지고 귀감적인 교훈이 담겨 있는 것만 같다. '죽어 봐야 저승을 안다'는 속담이 생각난다.

사람마다 한두 가지 정도의 나쁜 버릇은 있기 마련이다. 눈만 뜨면 담배를 피우는 바람에 자신과 주변 사람들의 건강을 해치는 사람, 몸보신 한다고 애꿎은 야생동물을 잡는 사람, 바위를 들썩

거려 잠자는 개구리를 깨우고 종자도 못 받게 배터리로 전기고문을 하는 사람, 아무 데서나 함부로 말을 하여 인상을 찌푸리게 하는 사람, 남의 나라 식용 개고기를 때맞추어 이러쿵저러쿵 하는 어느 나라 여배우…….

올해는 명동이의 메기 둔갑을 상기하면서 더 늦기 전에 자기의 나쁜 버릇을 고치고 좋은 취미, 좋은 생활을 해야 할 것이다. 아니, 이 밤에 나쁜 취미 중의 하나인 흡연을 안 하는 것은 어떨까. 남들에게도 해롭고 자기 자신에게는 더욱 해로운 담배. 폐암 걸린 어느 코미디언의 금연운동을 보니, 낚시광인 명동이의 모습이 떠오른다.

안동 광진이의 이상한 제사 지내기

광진이가 안동으로 낙향한 것은 지금으로부터 5~6년 전의 일이다. 동네 사람들은 그에 대해 잘 알지 못했다. 그가 어디서 무엇을 했는지, 뭘 하다 왔는지 종잡을 수 없었다. 서울에서 무슨 사업을 하다가 망했다고도 한다. 어느 정도 잘난 척도 많이 하고 다녔다고 하기에 헷갈린다. 불혹이 넘은 나이에 장가도 못 갔고 자식도 없다고 했다. 말버릇에 비해 가진 재산도 없다. 지금 그는 김 씨 문중의 종지기 노릇을 하고 있다.

남의 문중의 제삿날이면 제상을 하면서 이 동리 저 동리 낄 데 안 낄 데 다 끼고 궂은일도 마다않는다. 그래서인지 이웃 마실에 초상이라도 날 때면 사람들은 광진이를 찾는다. 이런 빈털터리 광진이를 두고 어떤 사람들은 '불효막심한 놈'이라고도 한다. 이유인즉 광진이 아버지가 죽었을 때 코빼기도 안 보이던 외아들 광진이의 '이상한 제사 지내기' 때문이다.

김 씨 문중 제사가 끝나면 광진이는 곧장 아비의 무덤으로 간다. 타향에 있을 때나 고향에 낙향해서나 부모 무덤 돌보기는 매한가지다. 잡초가 우거지고 봉분이 기우뚱하다. 김 씨 문중 제사가 끝나고 나면 다음 날 문간방에서 느지막이 일어나 아비 묘소로 향한다. 아비 묘소에서 세 번씩 세 번 절을 하고는 이렇게 읊조린다.

"아베요, 나는 왜 이리 못났는 기요? 지는 장가도 못 가고 가진 것도 없습니다. 정말 못났습니다. 왜 이리 지지리도 못나게 사는지 모르겠습니다. 아베요, 제사상도 차리지 못하고 이 모양 이 꼴입니다. 조상님들 대할 면목이 없는 기라요. 아베, 일 년 동안 배고프지요? 날 따라 나오소. 춥지예. 여기 잠바 속으로 들어오소." 하고 잠바 지퍼를 내리고는 "따뜻한 기요." 하며 다시 지퍼를 닫고, 묘소에서 내려와 시내버스를 탄다. 그는 "아베가 날 이리 만들었응게 할 수 없습니더." 하고 중얼거리더니, 시내버스에서 내려 "아베, 따라오이소." 한다. 시장 골목으로 들어가 떡집 앞에서 잠바 지퍼를 열고 "아베요, 떡집입니더. 떡 좀 드이소.", 과일 과게 앞에선 "귤 좀 드이소, 저기 사과도 있네요. 사과도 드이소.", 묵집을 지날 땐 "아베요, 도토리묵입니더. 묵도 드시소.", 점빵 앞을 지날 땐 "막걸리도 한 잔 하이소." 한다.

점빵을 나와 보니 멀리 언덕 쪽에서 생선트럭이 오는 것을 본 광진이는 "아베요, 문어도 드시야지요." 하며 "저기 생선트럭이 오니 오징어도 드시고 생선 많이 드이소." 하는데, 아차 이걸 어쩌나. 생선차가 아니고 가까이 온 걸 보니 타이탄 똥차였다. 광전이 왈, "아베 큰일 났소. 똥차입니더. 빨리 토하소! 토, 토하소." 한다.

구 시장 상인들은 허풍쟁이 광진이가 시장에 나타나면 '오늘이 광진이 아버지 제삿날인가 보다' 한다고. 어쨌든 광진이의 이러한 괴짜적인 면모는 형식을 중요시 여기는 오늘날, 어떻게 받아들여야 할까?

칼의 양면성

칼만큼 선과 악이 대조적으로 나타나는 물건이 있을까? 주방에서 어머니가 맛있는 요리를 하기 위해 파를 송송 썰고, 먹음직한 생선과 고기를 자를 때면 칼은 더없이 유익하고 편리한 도구일 것이다. 만약 칼이 없다면 우리 생활은 얼마나 불편할까? 그렇게 생각하면 칼은 아주 요긴한 물건임에 틀림없다.

그러나 칼이 깡패나 범죄자의 손에 쥐어진다면 어떨까. 그렇게 되면 칼은 이 세상에서 가장 흉악한 흉기로 돌변하고 만다. 횟집 주방장이 쥔 사시미 칼은 또 어떠한가. 주방장의 솜씨로 광어며, 우럭이며, 노래미 등 활어의 배를 가르고 껍질을 벗겨 내고 먹음직스럽게 포를 떠서 한 점 한 점 접시에 담길 때면 모양 좋고 쫀득쫀득하게 씹히는 맛이 가히 천하일품이다. 그런데 폭력배의 손에 사시미 칼이 쥐어지면 어떤 일이 벌어질까? 맞지 않는 사람이 칼을 잡으면 칼은 오히려 불안감만 조성하게 된다.

만일 정육점 주인이 "저기 길 건너 이층 건물에 외과 병원이 있는데, 수술을 잘한다 하더라. 나도 정육점을 해 오면서 20년 넘게

칼질깨나 해왔다. 의사 지가 대수냐? 나도 한번 고무장갑 끼고 수술해 보자."고 한다면 얼마나 우습고 황당할까? 아니, 생각만 해도 끔찍하다.

무릇 칼은 용도에 맞게 사용할 수 있고 사용할 줄 아는 사람이 사용해야 할 것이다. 이 세상 모든 물건은 제 주인이 있고 제자리가 있는 법이다. 그러니 뭐든지 용도에 맞아야 하는 법이다.

4살짜리 어린아이가 장난감으로 칼을 사용하게 되면 제 손을 베고 말 것이요, 옛날 전쟁터에 나가는 사람이 아주 작은 칼을 가지고 나간다면 정말로 우스울 것이다. 정육점 주인이나 횟집 주인이 과일을 깎는 칼로 고기를 자른다면 제대로 썰릴까? 의사가 수술을 하면서 무시무시한 긴 칼과 횟집에서나 쓰는 사시미 칼을 사용한다면 어째 이상하지 않을까 생각이 된다.

나는 우리 집 주방에 있는 중간 크기의 취사용 칼이 제일 좋다. 된장찌개를 끓일 땐 이 칼이 다용도로 쓰인다. 무, 파는 손에 잡고 자르면 잘 잘리고, 마늘을 넣을 때는 손잡이 뒷면의 마늘 빻는 부분으로 톡톡톡 빻고 냄비에 넣으면 맛있는 찌개가 완성되어 나온다.

석기시대의 돌칼부터 아무리 썰어도 녹이 슬지 않는 요즘 시대의 칼까지, 칼은 우리 생활의 필수품이다. 칼은 정당하게 잘 사용할 때 인간 세상에 선하고 이롭게 쓰일 수 있다. 엉뚱한 사람이 엉뚱하게 잘못 사용하면 분명 자기 자신과 타인에게도 해가 될 것이다.

은행나무

우리가 사는 세상에는 나무들이 많다. 헤아릴 수 없을 만큼 수 없이 많은 종류의 나무들이 존재한다. 그 많은 나무들 중에는 인간에게 도움을 주는 나무들이 있다. 사과나무, 배나무, 잣나무 등이 바로 그것이다. 그런 반면 아카시아, 잡목들 등 별로 도움이 되지 않는 나무들도 있다. 그중 은행나무는 오직 인간들을 위해서만 존재하는 최고의 나무라고 칭찬하고 싶다. 은행나무는 나무 자체로만 따지자면 어느 하나 버릴 것이 없다. 열매는 한약재와 술안주로, 잎은 책갈피 속의 추억이 되거나 캡슐로 가공해서 좋은 제약성분으로 만들 수도 있다. 잘 자란 재목은 바둑판 등 고급가구 또는 집 짓는 데 훌륭한 목재가 된다.

무엇보다도 은행나무의 좋은 점은 정화기능이다. 은행나무는 도시에서 내뿜는 매연을 정화시키는 기능을 갖고 있다. 동식물이 숨쉬기 힘들어하는 공기를 밤사이 깨끗하게 정화시켜 주는 것이다.

이제 어느 도시 어느 곳을 가나 은행나무는 자주 접할 수 있다. 오래전 우리나라의 가로수는 대체로 플라타너스였으나, 이제는 은행나무로 많이 대체되고 있다. 은행나무의 탁월한 공기 정화작용 때문이리라. 길게 뻗은 도로와 일렬로 곧게 늘어선 은행나무들. 가을 문턱에서 은행나무가 노랗게 물들어 가고 있다.

횡단보도에서 파란 신호등이 켜지기까지 잠깐 동안 은행나무에 기대어 본다. 이 은행나무가 언제부터 여기에 있었는지, 언제까지 여기에 계속 있을지는 모르겠다. 그동안 은행나무는 많은 사람들에게 잠시나마 기댈 공간을 제공하고 인간보다 조금 높은 위치에서 사람들을 푸근한 마음으로 지켜보고 있었을 것이다.

늦가을이다. 몇 개 남지 않은 은행잎이 바람에 흩날린다. 이 순간을 맞이하기까지 얼마나 오랜 인고의 시간을 지나왔는가. 지난 겨울의 모진 추위를 견디면 봄이 온다. 봄엔 새순이 돋아 봄날의 싱그러운 나날을 보낼 수 있다. 여름의 싱그러운 때를 지나서 이제는 앙상함만을 드러내고 있지 않은가?

무더운 여름날 뭇 사람들이 산이나 강, 바다로 피서 갔을 때 은행나무는 이 도시를 지켜 주었을 것이다. 피서 가지 못하는 사람들에게는 조그만 위안이 되었을 것이다. 손바닥보다도 훨씬 작은 잎으로 사람들의 더위를 막아 주며 여기에 서 있지 않았던가! 여기 잠시 기대고 더위를 피했던 모든 사람들은 은행나무 너에게 고마워했을 것이다.

곁에서 맴맴 신나게 울어 대던 매미들이 하나둘 자취를 감추기 시작하며 여름이 물러갈 때, 푸른 너의 옷은 어느새 노랗게 바뀌어 갔을 것이다. 이제는 미화원 아저씨가 너의 옷을 쓱쓱 비로 쓸고 리어카에 담고 있다. 너는 얼마 후에 한 줌의 재로 날아가리라. 세상살이에 대한 이별같이 서러운 이별인가, 아닌가. 다가올 겨울에 대비하여 이제 그만 나뭇잎을 훌훌 떨쳐 버려라. 잎을 모두 떨구는 까닭은 내면에 더욱더 아름다운 세상을 만들기 위해서다.

도톰한 속살로 들어가 내년에는 어떤 사람을 만날까? 기다려 볼까? 상큼한 너의 향기를 기대하면서…….

두 갈래의 길 앞에 서서

우리의 인생길이란 마치 멀고도 먼 여행길과도 같다. 작은 실개천이 불어나 강이 되고 바다가 되듯이 우리네 인생도 마찬가지다. 어머님의 모체를 빌어 태어나면서부터 머나먼 여행을 떠나게 된다. 마치 째깍째깍 쉬지 않고 돌아가는 시계태엽처럼 한 발짝 한 발짝씩 나아가고 있다. 그러다가 어느 날 생명을 다하면, 시계태엽이 멈추어 버리는 듯 삶을 마감하게 된다.

이것이 인생이다. 짧다면 짧고 길다면 긴, 백 년도 안 되는 인생을 걸어가야 하는 것이다. 사람의 인생은 미지의 세계를 향한 끝없는 여행길이다. 누구에게나 인생은 처음이다. 때문에 인생은 낯선 길을 걷는 여행과도 같다. 어제 흘러간 물이 오늘 되돌아와서 거꾸로 흘러갈 수 없듯이 지금까지 걸어온 길은 다시 돌아갈 수 없고, 앞으로 걸어갈 길은 미리 가 볼 수 없다. 사람이 걸을 수 있는 길은 아직 걷지 아니한 길이기 때문이다.

인생은 한 번뿐이다. 모든 여정은 오직 한 번 지나가는 길이고, 인생의 모든 순간순간은 오직 한 번 주어지는 시간이다. 그렇기에 우리가 걷는 모든 길은 마지막 길이고, 우리가 사는 모든 시간은 마지막 시간이다. 매일 매시간은 우리에게 마지막 날, 마지막 시간이다. 마지막 기회이다. 그러니 우리에게 주어진 모든 시간을 허투루 흘려보내지 말고 소중히 써야 한다.

우리는 방황할 시간이 없다. 지나간 시간은 다시는 돌아오지 않는 법이다. 이 시점에서 우리가 걷고 있는 길을 조용히 살펴보자. 나는 지금 어떤 길을 가고 있는가? 내가 걸어야 할 길을 제대로 걷고 있는가? 아니면 걸어서는 아니 될 길을 걷고 있는가?

사람의 인생에는 걸어야 할 길과 걸어서는 아니 될 길이 있다. 살다 보면 누구나 중대한 선택의 기로에 봉착하게 된다. 모든 사람의 인생에는 선택할 수 있는 두 개의 길이 있다. 이 두 개의 길 중 하나는 생명의 길이요, 하나는 죽음의 길이라 할 수 있다. 죽음의 길엔 세상의 온갖 유혹과 탐욕이 도사린다. 이 구렁텅이에 빠지면 나를 비롯한 주변인들마저 어려워지는 수가 있다. 조심해야 한다. 반면 생명의 길은 세상을 이롭고 밝고 아름답게 만든다. 이것은 미래를 약속하는 길이다. 연일 매스컴에 보도되고 있는 우리 사회의 추악한 자화상을 보라. 그것은 정도를 지키지 않고 바른 길을 벗어나 죽음의 길로 들어선 자들의 얼굴이다. 물은 항상 높은 데서 낮은 데로 흐르고, 작은 실개천이 모여 냇물이 되고 냇물이 모여 강물이 되고 바다로 향하는 법이다. 작고 조그마한 일에서부터 정도(正道)를 지키자. 그렇다면 생명이 있고 희망이 있는 사회를 만들어 나갈 수 있을 것이다.

단종 대왕릉을 다녀와서

삼일절이다. 이른 아침을 맞이하여 아파트 베란다에 설치된 국기봉에 태극기를 달았다. 아침 식사 후 나의 애마 코란도에 올랐다. 먼저 약속된 장소에서 2부 당직 계장님을 만나서 동승했다. 얼마 전부터 벼르고 벼르던 강원도 영월의 단종 대왕릉을 방문해서 참배할 생각이었다.

경북 안동에서 강원도 영월 하면 대단히 먼 거리 같지만 당일 코스로 갔다 올 만한 거리다. 이곳 안동이 경북 북부에 속하고 강원도 영월은 강원도의 최남단에 속해 있다.

세 시간이면 넉넉히 도착할 수 있는 거리였다.

먼저 고속도로에 올라 영주까지 중앙 고속도로로 달린 후 영주 시내를 거처 풍기로 향했다. 차창 밖으로 소백산 정경이 펼쳐졌다. 산 위에는 아직도 눈이 하얗게 쌓여 있었다. 안동과 한 시간 거리이지만 확실히 기후 차이가 많이 난다는 것을 느꼈다.

풍기에서 단양으로 넘어가는 죽령 고개를 넘어갈 때엔 운전하기가 조심스러웠다. 도로 위에 중간 중간마다 빙판이 녹아 있었기 때문이다. 미끄러운 도로를 달릴 때 조심하지 않을 수가 없었다. 꼬불꼬불하고 높고 먼 재를 넘어서 단양에 도착했다. 고개를 넘으면서 "어서 빨리 죽령 터널이 완공되어 안전하고 신속하게 이 고개를 넘어야 할 텐데……." 하고 계장님과 이야기를 나누었다. 단양을 지나 영춘, 영월로 향하면서 이따금 쿵작거리는 음악을 틀어 놓고 충주댐의 수몰 이야기, 단양 영춘면의 수석 이야기 등을 나누었다.

차창 밖으로 펼쳐지는 겨울풍경은 바라보고 있자니 향수 속으로 빠져드는 것만 같았다. 영춘을 지나면 영월 땅이다. 길가에는 "동강을 살리자."라는 플래카드가 붙어 있어서 여기가 동강이구나 하고 알 수 있었다. 몇 년 전부터 댐이 건설된다고 하고 정부와 환경단체 간에 길고 긴 씨름이 있던 그 강이었다. 겨울이고 갈수기라서 그런지, 동강에는 물이 많지 않았다. 중간 중간에 드러난 돌밭을 볼 때 수석 한 점 생각이 저절로 났다.

잠시 후 우리나라 최대의 영월 화력 발전소를 지나 영월에 도착했다. 도착하자마자 당직 계장님과 나는 깜짝 놀라지 않을 수가 없었다. 차를 세우고 도로에 설치된 플래카드를 보니 "영월 구치소는 덕도리에"라는 문구가 씌어 있었다. 영월 구치소를 자기 동네에 설치하려고 서로 실랑이를 벌이는 모양이었다. 지난 10년간 근무하면서 교도소는 혐오시설이라고 반대하던 것만 보아 왔는데 의외였다. 세상이 달라졌구나. 이곳 영월에는 경제적인 위치 때문에 필요해서 그런 것이라 생각했다.

영월 시내를 가로질러 단종 대왕릉에 도착했다. 매표소부터 잘 정돈된 경내는 깨끗한 이미지를 풍기고 있었으며, 이상하게도 주변에 있는 소나무들이 능을 향해 절을 하듯이 고개를 숙이고 있었다. 숙부에게 왕위를 찬탈당하고 끝내는 죽임까지 당한 임금을 향한 충정에서일까. 장릉 일대의 소나무들은 묘를 향해 일제히 머리를 숙이고 있는 형상이었다. 영월 호장 엄흥도가 시신을 추릴 땐 이렇지 않았을 것이다. 아마 세월이 흐른 지금 깨끗하게 단장되었으리라.

어린 소년 왕에 대한 애절한 마음은 현대를 살아가는 우리에게도 사람의 도리, 욕심, 애달픔 등 많은 생각을 자아내게 하였다. 계장님과 벤치에 앉아서 역사 이야기를 하며, 아마 어린 소년 임금도 평범한 가정에서 태어났으면 제 목숨대로 태어나 자기 명대로 살았을 것이라고 이야기를 나누었다.

권력에 대한 인간의 욕망이 얼마나 크고 어리석었으면, 조선 왕조 500년 동안 국력을 해외로 뻗지는 못하고 집안 싸움만 하다가 망한 걸까? 요즘 방영되고 있는 TV 드라마 〈왕과 비〉를 보면 그런 의문이 들곤 했다. 국회의원 총선이 며칠 남지 않은 시기여서 그랬는지 그 무엇인가를 생각하게끔 하였다.

이곳 영월에는 민간신앙으로 소년 단종대왕이 태백산신이 되고 금성대군은 소백산신이 되었다는 이야기가 기복신앙으로 전수되어 오기도 한다는 이야기를 들었다. 아마 한풀이일 것이다. 우리가 사는 세대에는 이러한 불행이 없었으면 한다.

참배를 마치고 기독교 신자인 계장님과 인근에 있는 보덕사를 관람하고 영월 고씨동굴로 향했다. 관광지로 개발되어 고씨랜드가 되고 동강을 가로질러 고씨굴까지 멋진 다리가 놓여 더욱더 보기가 좋았다. 동굴을 관람하면서 보이는 종유석과 여러 광장은 더없이 좋은 관광지였다. 어쩜 수천 년 동안 작은 물방울 하나하나가 타고 내려오면서 기묘한 형상을 만드는지 신비스럽기만 했다.

고씨굴 관람을 마치고, 반대 길로 오자 1시가 넘은 시각이었다. 식사시간이 지났지만 준비해 간 음료수, 초콜릿 등을 먹은 관계로 배는 고프지 않아 김삿갓 묘로 향했다. 멀리 보이는 동강의 물 빠진 모습을 보고 있자니 여름이 되면 이곳에 아이들을 데리고 오고 싶다는 생각이 들었다. 우리나라에도 이런 아름다운 곳이 있다니, 놀라웠다.

잔잔한 음악과 함께 드라이브하니 기분이 몹시 좋았다. 다른 사람들도 이 길을 달리면 좋을 것이다. 잠시 후 차는 김삿갓 묘에 도착했다. 김삿갓 묘는 외관상으로 초라하기 그지없는 묘였다. 발견된 지 얼마 되지 않아 새로 잔디를 입힌 것 같았지만, 묘 주변에는 돌들이 듬성듬성 드러나 있었다. 아마 오랜 시간 동안 묵묘로 있었기에 그런 것이리라.

시성 김삿갓은 영월 백일장에서 자기 할아버지가 역적에게 항복하고 비굴한 짓을 한 것을 비판했다. 김삿갓은 장원한 후, 그날 밤 자기가 비판한 대상 즉, 할아버지가 자기 조상이라는 일을 어머니를 통해 알고 대성통곡을 했다. 그는 조선 팔도를 유랑하고 무수한 일화와 시를 남겼다. 시성 김삿갓은 내가 어렸을 적 오전 11시 50분에 라디오에서 들려오는 구성진 김삿갓 방랑기의 주인공이기도 하다.

세상이 변하고 세월이 변해도 그가 남긴 시와 일화는 후세 사람들의 화젯거리가 되었다. 지팡이 하나 들고 삿갓 쓰고 세상을 비웃던 그 모습이 눈에 훤한 것 같았다. 묘 입구에는 장승공원이 조성되어 분위기를 더욱더 해학적으로 느낄 수 있었으며, 줄을 이어 차량들이 참배하러 오곤 한다. 그 모습을 보니 지금이 이전 세상 분위기와 유사한 것 같다는 생각이 들었다.

기념 촬영을 하고 조재로 향하다가 길가에 있는 국밥집에서 소머리 국밥으로 늦은 점심을 먹었다. 식당 주인아저씨는 친절했다. 국밥의 따뜻한 국물, 시원한 깍두기도 맛이 일품이었다. 지나가는 나그네의 가슴까지도 따뜻하게 하는 식당이었다. 조재를 넘을 때 눈이 녹지 않아서 차바퀴가 미끄러지는 바람에 4륜 구동 대후를 넣고 천천히 봉화, 춘양, 영주를 거쳐 안동으로 향했다.

집으로 돌아와 이 글을 쓰는 지금, 단종 대왕묘와 김삿갓 묘를 생각하고 그분들을 떠올린다. 사람이 사는 도리와 평범함은 무엇이며 과연 어떻게 해야 한 세상 잘 살 수 있을까? 나는 내 자식에게 어떻게 해야 하는가? 또 나는 교도관으로서 나의 재소자들을 어떻게 교육시켜야 하는가? 하고 자문해 본다. 아마 순리대로 과욕 부리지 않고 사는 것이 행복이 아닐까. 그런 생각을 하면서 우리가 살고 있는 작금의 시대를 돌아보았다. 역사는 되풀이되지 않는가? 우리는 단종 임금과 김삿갓 시인을 통하여 무엇을 얻고, 또 무엇을 버려야 하는가? 진정 우리시대의 사고방식은 어떤 것이어야 하는가. 곰곰이 생각해 보았다.

강한 진취적 기상과 자신감이 상실돼 버린 요즘이다. 얼마 전한 나라의 최고 지도자의 독선과 아집, 자기 사람만 챙기는 이기주의가 한 나라의 발전을 얼마나 저해했는지 절실히 깨닫지 않았던가. 그러나 나라가 겪는 고난은 비단 한 권력자만의 문제는 아니다. 진취적 기상과 자기주체성 상실은 이 어려운 시대를 살아가는 대한민국 국민 모두의 책임이 아닐까 생각된다. 왜 우리의 국력이 해외로 뻗어나가지 못하고 국내에서 당쟁만 일삼고 있을까?

나는 얼마 전『진시황제』란 책을 읽고 진정 이 시대에 필요한 지도자상은 어떤 사람이어야 하는가를 느꼈다. 진시황제와 같은 커다란 웅지와 야망과 기상, 기다림이 있어야만 국제통화기금(IMF)의 경제체제하에서(신문이나 방송 등에서는 끝났다고 하나 사실은 아직까지도 계속 서민들은 고통 받고 있다고 함.) 꿋꿋하게 일어설 수 있는 저력을 발휘할 수 있다고 생각한다. 그런 마음에서 오늘의 글을 몇 자 적어 보기로 마음먹었다.

진시황제는 중국 최초의 황제이자 천하를 최초로 통일한 인물이다. 그의 이름 앞에 붙는 수식어만으로도 그에 대한 위상을 느낄 수 있다. '분서갱유'로 대표되는 대대적인 살육과 탄압 아래 진시황은 절대적인 폭군의 이미지로 인식되어 왔다. 허나 진시황제는 정치·경제·사회 등 모든 분야가 엉망진창으로 된 중국에서 개

돼지같이 살던 중국 백성들의 삶을 비로소 인간적인 삶으로 만든 민본 황제이다.

도량형과 화폐, 문자를 통일하고, 국가 개조를 통해 근대국가의 기본적인 모델을 만들었으며, 세계 인류 최고의 건축물인 만리장성과 아방궁을 건축한 신적인 존재, 진시황제. 그는 세계 8대 불가사의의 하나인 진시황릉 병마용을 발굴했다. 그의 위업을 통해 이제 진시황에 대한 역사적 재평가가 필요하다고 생각된다. 큰 그릇을 바탕으로 커다란 야망과 개척정신, 자신감, 오랜 세월 동안의 기다림 그리고 그 일을 기획하고 추진하는 능력이 없었다면 이 모든 게 불가능했을 것이다. 진시황이 없었다면 애당초 다른 역사가 진행돼 있을 것이다.

그의 눈부신 성과와 업적은 모두의 상식과 고정관념을 깨뜨리는 생각의 발로였다. 그것은 바로 진취적 기상과 자신감이 아니던가! 현재 이 모든 것들이 어려운 시대를 살아가는 우리에게 들려주고 싶은 교훈은 아닌가?

그 나라의 청소년들을 보면 그 나라의 미래가 보인다고 한다. 그럼 요즘 우리나라 젊은이들의 모습은 어떠한가? 각종 텔레비전 등 매스컴과 일상생활에서의 실제 모습을 보면 한숨이 나올 때가 많다. 무분별한 외국문화, 특히 왜색문화의 선호, 남과 여의 구별을 두지 못하는 유니섹스 문화의 만연은 둘째치더라도 어릴 적부터 과잉보호로 인한 나약함, 자신감의 결여, 이기주의가 문제다. 그런 환경 속에서 우리의 청소년, 청년들이 과연 우리나라 대한민국의 미래를 책임질 수 있을까?

가문, 학연, 지연, 지역주의 등 자기가 원하는 바를 위해서라면 모든 것을 동원하면서도 정작 백성들의 삶은 돌보지 않는 자, 그런 사회지도층은 자기 잇속만 차리는 자다. 그런 자는 나쁜 위정자가 될 것이다. 과거 소론, 노론, 남인, 북인의 당파 싸움의 결과, 단종 임금을 비롯한 많은 사람들의 한이 결국 역사의 한이 되지 않았는가? 또 그로 인해 김삿갓과 같이 재능 있는 많은 사람들이 방랑자가 되지 않았는가?

20세가 되기도 전에 왕위에 올라 중국천하를 통일하려는 큰 꿈을 세워 몇 십 년간 그 야망을 이루려고 노력하고 결국은 그 꿈을 이루어낸 진시황제에 비한다면, 우리의 모습은 얼마나 부족한가. 물론 그렇게 아주 큰 꿈을 꾸라는 이야기는 아니다. 적어도 사회생활을 함에 있어서 어려운 난관에 부딪치더라도 지혜와 자신감을 바탕으로 그 난관을 뚫고 나갈 수 있는 능력을 가지고 있어야 하지 않나 하는 바람이다.

요즘 6·25 이후 최악의 경제상황이라는 우리나라가 이렇게 된 이유는 과연 어디에 있을까? 과거에 존재했던 어느 권력자의 안일함과 고집도 문제다. 하지만 권력자의 문제만은 아니다. 이렇게 된 것은 우리 국민들 모두의 책임이라고 생각해야 한다. 6·25 사변 이후 폐허 위에서 온 국민들이 허리띠를 졸라매고 노력하여 경제개발을 하였건만 정작 위정자들은 경제를 망치고 나라를 망쳐 놓았다. 국민들은 자신들의 주체성을 상실하면서도 소비 수준은 선진국을 따라가려 하지 않았던가? 신중해야 할 말 한마디가 우리에겐 화살이 되어 돌아왔다. 저속한 퇴폐문화로 인해 오늘날 최악의 경제상황이 닥치고 만 것이다.

대한민국은 어느 한 개인만의 나라가 아니다. 바로 우리 모두의 나라인 것이다. 우리 국민 모두가 주인이라는 주인의식이 지금부터라도 절실히 필요한 때인 것 같다. 우리 모두가 이 나라의 주인이므로 우리나라가 망하면 우리는 존재할 수 없다는 생각을 더욱더 절실히 깨달아야 할 것이다. 그러한 마음으로 우리가 뭉친다면 어려운 경제 사정쯤이야 충분히 극복할 수 있다고 믿는다.

불가능은 없다는 생각을 가져야 한다. 한탕주의, 이기주의, 황금만능주의, 지역주의, 학연, 지연 등 나쁜 것을 일소해야 한다. 오직 땀의 결실만이 우리 재산이고 우리 경제의 단단한 기반임을 깨달아야 한다. 그런 마음가짐으로 오늘 하루에 임한다면, 우리는 지금 이 현실을 분명히 극복해 나갈 수 있을 것이다.

그 옛날 진시황제가 이룩한 업적도 불과 15년 만에 후대에 이르러 타락과 내분으로 망해 버렸다. 지금 우리의 현실은 남북한 분단 상황에 있다. 경상도·전라도·충청도 등으로 나누어지는 지역할거주의가 팽배하다. 앞서 말한 지연, 학연, 혈연 등으로 자신이 오르지 않아야 될 자리에 앉아 있는 사람들도 많다. 제 분수에 맞게 자신의 자리에 앉아 있을 때 국론이 통일되고, 국가는 번영의 길로 들어설 것이다.

우리는 흔히 서부극에서 백인의 장총 앞에 무참히 멸망해 가는 인디언 원주민들을 많이 보아 왔다. 그런데 그 많은 서부극을 보며 무심하게 넘겨서는 안 될 한 가지가 있다. 서부극에선 인디언들이 등장한다. 우리가 흔히 미개인이라고 비웃는 인디언들이지만, 그들은 결코 항거 없이 자기들의 영토를 백인들에게 내주는 일을 볼 수 없다. 바로 그 점을 유심히 보아야 한다. 그들은 발가벗은 알몸으로 화살을 쥔 채 백인들의 장총과 화약에 맞서 싸우다가 나라를 빼앗겼다.

그런데 불과 백여 년 전의 우리 조선왕조의 왕과 관리들은 어떠했는가? 그들은 몇 백 년간의 당파 싸움에 한이 맺히고 방랑자가 되어 자기 손으로 나라를 넘겨주겠다며 옥새를 찍고 눈을 멀뚱멀뚱 뜨고 있었다. 그렇게 살아 있는 임종을 맞이했던 것이다. 흥선대원군과 명성황후는 한솥밥을 먹으면서 주머니는 각각이고 계산도 따로따로였다. 어쩌면 조선왕조 500년 동안 끊임없는 당쟁과 내분 속에 스스로가 임종의 무덤을 파고 들어갔는지 모른다. 그런 우리가 어떻게 종족전선에서 숨겨 간 인디언들을 미개인이라고 비웃을 수 있겠는가?

2000년대 우리는 작금의 세태를 바라보면서, 오늘날의 사고방식으로 냉정한 자기비평을 해야 할 때이다. 진정 자기 분수를 지키고 바른 전통과 진취적 기상으로 다시 한 번 대한민국을 건설해 나간다면 분명 우리나라 대한민국은 지구상의 어떠한 나라보다도 막강한 나라가 될 것이다. 영월 땅 청령포의 한 서린 마음도, 정처 없는 방랑자의 걸음도 그렇다. 구중궁궐 속의 암투보다 현실을 직시하고 강한 진취적 기상으로 앞으로 나아가자.

역사에서 패배한 자, 가난한 자, 힘이 없는 자는 입이 있어도 할 말이 없는 법이다. 역사에서 승리한 자, 살아남은 자만이 이야기할 수 있다. 어렵고 힘들수록 국가의 내부결속을 다지자. 어서 빨리 남과 북이 통일되어 희망 넘치는 나라를 건설해 갔으면 하는 바람이다.

지금 내 고향 용화는

산맥과 지형에 따라 충청도, 경상도, 전라도 등 행정구역이 갈라지고, 같은 도내도 역시 군들로 갈라진다. 그리고 더 작게는 면, 리, 동으로 갈라진다. 즉, 자연스레 부락이 형성된다.

내가 태어난 곳은 이중환의 『택리지』에도 소개되는 우리나라의 몇 군데 안 되는 십승지지의 하나라고 소개되는 곳 중의 하나다. 이곳은 경북 상주의 용화동이라고 하는 곳이다. 신흥, 신촌, 대흥, 화평, 장터라는 작은 부락이 널따란 분지 속 이곳저곳에 제각기 자리를 잡고 있다. 이 마을들을 통틀어 '용화동'이라고 한다.

과거에는 500여 호를 유지하고 있었으나, 지금은 간신히 100여 호를 유지하고 있다. 도시화, 산업화에 따라 사람들이 대도시로 떠나갔다. 그랬기에 지금은 노인들과 일부의 젊은이들이 거주하는 한적한 농촌 마을이 되었다.

충북과 경북의 경계선상에 위치하고 있어 충북 2개 군(괴산, 보은)과 맞대고 있는 경북 상주 땅이라, 괴이하게도 말투가 경상도 말도 아니고 충청도 말도 아닌 표준말에 가깝다. 어쩌다 용화 사람이 다른 지방에 가면 "아저씨, 아저씨는 서울에서 왔어요?"라고 묻는다. 그만큼 지역과 지역의 경계 지점에 살다 보면 사투리를 안 쓰게 되는 것일까?

내 고향 용화. 나는 어렸을 적 이곳에서 태어나 이곳에서 초등학교까지 다녔다. 그랬기에 저기 동네 앞에 보이는 속리산 문장대만 넘어가면 미국이고, 동네 뒤의 백악산을 넘어가면 북한이고, 해가 뉘엿뉘엿 넘어가는 할목재 근처에는 프랑스가 있는 줄로만 알았다. 바깥 구경을 전혀 못 해본 촌놈이었기에 이렇게 생각했던 것 같다.

내가 꿈을 깬 것은 초등학교 5학년 때다. 5학년이 되면서부터 전기가 들어오고, TV도 들어오고, 용화동에 한성운수라는 완행버스가 들어오면서부터다. 흙먼지를 뽀얗게 날리며 달려오는 완행버스는 멀리서 바라보는 것만으로도 신기할 따름이었다. 이 다음 초등학교 6학년 때 아산 현충사로 졸업여행을 가면서 시원스레 뚫린 경부고속도로를 수학여행 버스에서 바라보면서 돌아오다 청주시내를 관광하는 것은 촌놈의 눈에는 신기 그 자체였다.

용화 장터에서 7일장이라도 서게 되면 장터에는 천막이 쳐지고 옷가지며, 생선들이 좌판에 널리곤 했다. 교통이 불편했던 당시에는 충북 보은과 괴산, 경북 상주, 문경군 농암 등지에서 소달구지에 지게로 지고 다녔다. 형편이 조금 더 나은 사람은 삼륜 자동차를 몰고 장터를 찾아오곤 했다. 요즘은 사륜 자동차이지만, 나의 기억 속에 남는 삼륜 자동차의 모습은 참으로 신기하기만 하다.

앞바퀴 하나, 뒷바퀴 두 개의 우스꽝스런 모습은 지금 생각하면 웃음이 절로 나온다. 아마 지금은 자동차 박물관에서나 구경할 수 있으리라.

추운 겨울날 장터에 장이 설 때면 튀밥 튀기는 풍경을 구경하곤 했다. 풍로가 돌아가고 연신 튀밥을 튀기는 아저씨는 장작을 잘게 썰어 화로에 한 움큼씩 집어넣는다. 그 다음 장작불로 기계온도를 맞추면 튀밥 튀기는 기계에 열이 오른다. 아저씨는 기계 앞에서 구경꾼들을 향해 큰소리로 "모두 귀를 막으세요."라고 소리친다. 그 다음 기계를 작동시키면 '펑—!' 하고 도깨비 모양으로 연기가 피어오르고 옥수수가 튀밥이 되어 나온다. 쌀로 튀밥을 튀길 때면 산신령이라도 나올 듯 옥수수 튀밥보다 김이 더 확 쏟아진다. 노릇노릇하면서도 하얀 쌀 튀밥이다. 아이들은 튀밥을 한 줌이라도 더 얻어먹으려고 아우성이었다.

먹거리가 별로 없던 시절, 한 줌의 튀밥은 기가 막히게 맛 좋은 음식이었다. 달착지근한 쌀 튀밥을 주머니 속에 넣고 한 줌 한 줌씩 꺼내 먹던 기억이 난다. 하루 종일 시끌벅적 요란하던 장터가 파장할 무렵이면 가끔은 가설 극단이 들어오기도 하고, 때로는 공터에 천막을 두르고 야외영화가 상영되기도 한다.

영화가 두어 시간 남짓 상영되면 10원씩 내고 구경을 하기도 하지만, 돈이 없으면 꼬맹이들은 슬그머니 천막을 걷어 올리고 몰래 숨어 들어가기도 한다. 가설 영화관 경비 아저씨들에게 들키기라도 하면 귀를 잡혀서 끌려 나오기 십상이다. 파장이 되고 밤이 깊어지면 술 취한 아저씨들의 고함소리도 들린다. 재미있는 장터가 끝나기라도 하면 '언제 또 장이 열리나?' 하고 기다려진다.

언젠가 문둥이 패들이 피부병에 좋다는 물탕을 찾아왔다. 문둥이들이 어찌나 무섭던지, 냇가에서 썰매를 타고 놀다가 문둥이 패거리들이 동네에 들어서기라도 하면, 아이들은 꽁꽁 숨어 버리고 물탕 가까이 가질 않았다. 물탕은 어린아이들에게 제일 무서운 곳 중의 하나였다. 문둥이 생각이 떠오르게 만들었기 때문이다.

용화 사람들은 온천수 나오는 곳을 '물탕'이라 불렀다. 물탕은 사시사철 따뜻한 온천수가 솟아오르는 곳이었다. 이웃 동리 아주머니들이 빨래하는 장소였고, 저녁이면 들에서 일하고 돌아온 어른들이 몸을 씻어 내던 곳이었다. 용화동에 가을이 오면 빨간 고추잠자리가 날아오르고 길가엔 코스모스가 한들거린다. 아이들은 뒷동산에 올라 한편은 국군이 되고, 한편은 인민군이 되어 산을 오르내리며 전쟁놀이를 한다. 한 번은 옛날 용화동이 6·25 사변 시 인민군의 패주로였기에 쓰다 만 수류탄을 가지고 놀다 어린아이가 죽기도 했으며, 어떤 아이는 탄피를 주워서 목에 치렁치렁 걸고 놀다가 지서 순경에게 갖다 주고 그러면 공책을 타 오기도 했다. 아무튼 유년기에 바라본 용화는 한 폭의 그림 같았고, 가는 곳마다 추억이 서려 있는 곳이다.

따뜻한 봄날이면 이웃한 충북 괴산군 청천면 사담리 소재에 있는 공림사에 소풍도 갔다. 아주 오래된 절로, 다 기울어져 가는 대웅전 앞 한편에는 천 년도 더 됐다는 느티나무가 서 있다. 어른 서

너 명이 손을 마주 잡아야 할 만큼 넓고, 높이는 끝이 안 보이는 듯했다. 이 느티나무 속에는 엄청나게 오래된 이무기가 살고 있어 나라에 변란이 있으면 이무기가 '웅— 웅—' 하고 소리를 내어 운다고 한다.

그리고 일주문은 부처님의 현신인 일곱 살 먹은 문수동자가 지었다고 한다. 못 하나 사용하지 않고 어찌 저리도 멋있는 일주문을 만들었을까? 아무리 쳐다보아도 신기하기만 했다. 가을이면 속리산 문장대 밑으로 보물찾기를 했던 기억이 있다. 내 어린 날 추억 속엔 너무도 재미있는 날이 많았던 것 같다. 이웃 십여 리 안팎의 충북과 경북에는 이처럼 관광명소가 많다.

초등학교 시절 아침 조회 때, 교장 선생님이 마치 사람의 모습 같이 생긴 문장대를 가리키며 "여러분 문장대처럼 커다란 꿈을 키우세요."라고 말했던 기억이 난다. 그 말씀의 뜻을 이제는 알 듯하다.

20여 년 전부터인가. 온천 개발 때문에 충북과 경북 동네가 말썽이다. 물탕의 온천물이 피부병에 특효가 있고 온천수로 적당하다는 이유로 경북에서는 개발을 해야 한다고 말한다. 하지만 공교롭게도 온천수가 흘러가는 곳은 충북 괴산인지라 충북 쪽에서는 온천 폐수 문제로 개발을 결사반대 했다. 각자의 이해관계에 따라 서로 다른 목소리를 내고 있는 것이었다. 언젠가 고향에 들렀을 때였다. 복덕방엔 검은 선글라스의 여인들이 고급차를 타고 와서 이곳저곳 기웃거렸다. 장터엔 부동산 중개업소가 마구 들어서고, 시골다방에는 사람들이 북적거렸다. 이른바 복부인과 투기꾼들이었다. 그들을 물끄러미 바라보았다. 사람은 같은 사람인데 어찌 그리들 욕심이 많아 보이는지.

용화는 경상북도로 되어 있기에 지방자치 시대에 경북에서는 문제가 없었다. 경북 쪽에서는 폐수 공법 처리를 내세워 공사 강행을 하고, 여기에 환경단체들이 맞붙어서 개발을 반대한다. '개발이다!', '반대다!' 속내를 알고 보면, 모두 자기 지역의 이기주의에 의한 충돌인 것이다. 처음 공사가 무리 없이 진행될 시기, 연로한 부모님이 계신 관계로 고향에 들르면 아버지에게 묻곤 했다.

"아버지, 산이 하나 없어졌네요? 우리 옛날에 전쟁놀이 하던 산이 어디로 갔어요?"

도로가 포장되고, 다리도 몇 개 건설되어 용화동은 아주 다른 동네로 변해 가고 있었다. 아마 객지에 나가 있는 자식들이나 고향을 지키고 있는 노인네들이나, 이제나 저제나 땅 값이 오르길 바라고 있을 것이다. 사람 마음은 아전인수(我田引水) 아닐까? 어쩌면 2002년 월드컵과 세계화, 국제화에 발맞추어 온천 개발을 하고 일본인, 중국인 등 수많은 외국 관광객이 거쳐 간다면 우리 국익에 막대한 도움이 될 것이다. 문제는 환경단체의 개발 반대이다. 여기서 더 깊숙이 들어가면, 지방화 시대의 자기 지역 이기주의와 선심 행정의 문제가 드러난다.

어머니를 따라다니던 시장이 서던 장터엔, 부동산 중개업소가 쫘악 들어서 있었다. 다방이다, 커피숍이다, 룸살롱이다, 식당이다, 별천지다 상점들이 많았다. 개발 현장에는 포클레인과 불도저가 움직이고 있었다. 충북 쪽에서 온 시위자들은 불도저 앞에 드러누워 있고, 경북에서 나온 경찰관들은 그들을 제지하고 있다. 마치 함지박 속에 게를 집어 놓으면 앞으로 가는 놈, 옆으로 가는 놈, 뒤로 가는 놈 등 난장판이 벌어지는 모습 같다. 다들 이리 저리 섞여 그야말로 게판이다. 난리법석이고 어지럽다.

길가의 한쪽 현수막엔 개발의 정당성, 다른 한쪽엔 개발 결사반대의 플래카드가 이곳저곳에 붙어 있다. 그 와중에 이미 원주민들이 가지고 있던 토지는 대부분 대도시 사람들에 의해 약간 값이 오를 때 거의 다 넘어갔다. 8월 15일이면 광복을 기념하고 동네 대항 축구 시합 등으로 우의를 다지던 용화동 주민들의 인심도 차츰 사라졌다.

언젠가 여름휴가 때 고향에 들르기라도 하면, 용화동의 맑고 수려한 계곡을 볼 수 있었다. 계곡을 따라 주차된 차들의 번호판을 보면 인근의 청주나 대전 그리고 서울차가 대다수였다. 그 지역에서 온 차량들이 도로 양쪽으로 주차장처럼 빼곡히 주차되어 있는 모습을 볼 수 있었다. 30리 가까운 시냇가에는 사람들도 많았다.

환경문제로 개발을 저지할 때는 언제고 여름날이면 피서를 즐기러 찾아오는지. 가을철에도 그랬다. 동네 사람들이 논밭에서 열심히 일할 때 외지 사람들이 몰려오곤 했다. 특히 보은이나 청주 사람들이 찾아와 버섯들을 채취하러 온 산을 뒤지곤 했다. 가끔 차를 타고 오가다 보면 물탕 주변에는 외지 사람들이 몰려와 말통으로 된 식수통에 온천수를 받아가느라고 진풍경이 벌어진다.

결국 재판에서 지는 바람에 개발이 되지 않고 있지만, 지금까지의 건설회사에서 들인 공사비용에 대해 걱정이 앞선다. 건설 현장에 멈추어 버린 건설 장비, 녹슨 불도저. 개발을 하기 위해 기초 터를 닦은 곳은 황량한 모래언덕이 되고 모래바람이 날린다.

"작년에 왔던 각설이가 죽지 않고 또 왔소, 병 다 낫고 가고 싶소!"

물탕에 사람들이 언제나 오려나 기다려진다. 정부에서는 대북 사업을 한다면서 북한의 금강산 개발을 하고, 온정리에서는 온천 개발을 한다고 한다. 우리나라의 중간에 위치해 있고 제2의 금강 산이라고도 불리는 속리산, 유명한 보은 법주사, 괴산의 화양동 등 서로 마음을 맞춰서 건설하면 어떨까? 무조건 반대보다는 경 북 측에서 온천개발을 하면서 폐수를 아주 훌륭한 공법으로 정화 시키고 충북 측에서도 밀려오는 관광객을 서로 연계 화합하여 나 가는 것이 중요할 거라고 생각한다. 용화 사람들에게는 실망으로, 상주시에는 부담으로, 양쪽 주민들 간에 깊어지는 지역감정의 골 은 어떻게 치유할 수 있을까?

옛날 내 고향 장터에 괴산 사람, 보은 사람, 상주 사람, 농암 사 람들이 장을 보러 온 것처럼 훌륭한 관광시설을 갖추고, 서울, 부 산, 대구, 광주에서 온천과 관광을 즐기러 오고 중국이나 일본, 미 국 등 해외에서도 많이 놀러 왔으면 한다. 해외의 많은 관광객이 몰려오면 청주 국제공항도 살아나지 않을까? 아무튼 자연과 환경을 최대한 보존하면서 동시에 자연과 환경을 이용하고 잘 사는 것도 인간의 지혜라고 생각한다. 바야흐로 지방자치 시대다. 지나친 자기 지역 이기주의로 자신의 주장만을 내세우기보다는 서로 협력하여 공생하는 국가가 되었으면 한다.

노블레스 오블리주

현대 우리 사회에서 자주 등장하는 프랑스어 중의 하나가 '노블레스 오블리주'이다. 이 말은 귀족이 신분에 걸맞은 도덕적 의무를 다해야 한다는 의미를 지녔다. 귀족 신분이 철폐된 현대 우리 사회에서 귀족에 상응하는 계층은 아마도 사회지도층이 아닐까 싶다.

이 현대판 귀족 혹은 사회지도층은 돈이나 권력이 많은 사람, 혹은 지위나 명성, 인기를 가진 사람이다. 과거 서구의 귀족이 그 높은 신분과 권세를 누리는 것만큼 사회적·도덕적 책무를 다해야 한다는 것이 노블레스 오블리주의 개념이다. 현대 한국사회의 사회지도층 또한 과거 귀족처럼 고귀한 책무를 다해야 한다고 생각한다. 그런데 우리 사회에서 노블레스 오블리주란 말은 사회지도층에게 눈총을 주거나 쓴소리를 할 때 곧잘 사용되곤 한다. 즉, 사회지도층 인사가 신분 지위에 못 미치는 의식이나 행동을 보일 때 최소한 도덕적으로 부끄러운 줄 알라는 경고 카드처럼 사용된다는 것이다. 특히 일반 국민도 이행을 잘하는 4대 의무를 고위층

인사가 편법이나 위법으로 잘 이행하지 않을 때, 우리는 노블레스 오블리주란 따가운 말을 떠올린다. 병역면탈의 비리 의혹의 있는 고위직 인사나, 탈세하는 부자를 향해 도덕적 비난의 화살처럼 날리는 것이다.

이제 우리 사회에서 노블레스 오블리주란 말은 칭찬과 존경의 뜻으로 널리 사용하는 것이 바람직하다. 그만큼 모범적인 행동을 하는 상류층이 많아지길 기대하는 바다. 국민의 4대 기본 의무를 다하는 것은 물론, 그 이상의 사회기부와 자원봉사활동을 하는 사회지도 계층도 두터워져야 한다. 불과 얼마 전까지만 해도 우리 기업의 최고경영자들은 불미스런 일로 사법 처리되고 난 후, 속죄하는 뜻으로 사회기부금을 내는 일들이 있었다. 그러나 최근에는 기업경영인들이나 연예인들도 사회기부와 자원봉사활동 등 자발적으로 나눔의 활동에 참여하는 일이 많아졌다. 국제사회에서도 사회공헌활동이 기업 평가의 한 지수가 되면서, 이제 한국 기업도 사회공헌활동에 활발히 참여하기 시작했다.

일반적으로 사회지도층이나 유명 인사들이 사회봉사에 솔선수범하면 다른 일반 시민들에도 긍정적 영향을 끼칠 수 있다는 면에서 사회봉사활동의 보편화에 기여하는 효과가 크다. 그래서 노블레스 오블리주 정신은 가치 있고 의미 있는 실천 정신인 것이다.

미국의 경우 철도왕 카네기의 사회기부 전통이 있고, 현대에 와선 전 대통령 지미 카터의 해비타트 사회봉사활동도 유명하다. 최근에는 빌 게이츠와 워런 버핏 같은 세계적인 갑부들이 미국 사회의 기부 전통을 빛내며 계승하고 있다.

최근 빌 게이츠는 마이크로소프트 기업 경영에서 손을 떼고 자선 활동에 전념하고 있다. 그는 기업의 사회 기여 활동이 자본주의 모순을 보완할 수 있는 창조적 자본주의의 중심활동이 될 수 있다고 보았다. 이들의 사회 기부 활동은 존경받는 전 세계인의 찬사를 받고 있고, 다른 사람들의 많은 참여를 불러일으키는 등 사회적 파급효과가 크다.

교도소에서 수용자들을 관리하면서 교도관들 역시 수용자들 앞에서 관리자로서, 스승으로서, 때로는 지지자로서 맡은 책무를 다하고 있는지 생각해 보아야 할 것이다. 바른 복장과 언행, 태도, 품행 등 솔선수범하는 근무자로서의 자세 등은 수용자들로 하여금 존경하는 마음을 갖게 한다. 또한 그들이 앞으로 교화되는 데 도움을 줄 것이다.

법의 정의는 어디에 있는가!

요즘 우리 대한민국 사람들에게 있어 법에 대한 논의가 많다. 법에 대한 논의는 비단 특정 계층 사람들에게만 해당되는 얘기는 아니다. 국회의원, 종교인, 근로자, 행정가, 학생, 시민단체 등을 총망라하여 널리 퍼지고 있다.

법을 다루고 집행하는 사람들, 즉 판사, 변호사, 검사, 경찰관, 교도관 등은 항상 법을 해석하고 집행하면서 임무를 수행하고 있다. '악법도 법이다.'라는 소크라테스의 말처럼 그 법이 법대로 잘 지켜지고 있는가를 묻고, 과연 법이 법다운가를 물어보아야 할 것이다.

이익단체들에 의해 법이 조변석개처럼 만들어지고 폐지된다면, 사람들은 법에 대한 회의적인 시각을 품을 것이다. 이러한 근본적 회의가 쌓이면 쌓일수록 그것은 우리 시대의 불확실성을 짙게 드리우는 것이다. 법이 제대로 지켜지지 않을 때, 그 국가는 결국 난세에 접어들고 마침내 망하고야 만다.

고대 그리스, 로마인들은 찬란한 문화의 꽃을 피우고도 법을 지키지 않고 환락에 빠져 망했다. 가까운 중국의 여러 왕조들도 결국은 국내의 법과 질서가 무너져 망하고 말지 않았는가?

교정행정법의 집행은 그 어느 분야보다도 중요한 단계이다. 교정행정의 목적은 결국 범죄인을 교화하여 이 사회의 쓸모 있는 사람으로 갱생시키는 것이다. 재소자 스스로가 이 세상 어느 율법보다도 소 내 규율을 잘 지켜 나가도록 하는 것이 장차 사회생활에 있어서 매우 중요하다고 본다.

어떠한 단계를 거치든지 간에 법은 제정되고 나면 지켜 나가는 데 그 목적과 정의가 있다. 지키지 않는 법은 소용이 없다. 우리가 열차나 자동차 신호기 앞에서 신호를 지키지 않는다면, 5분 먼저 가기 위해 혹은 1분을 아끼기 위해 자기 편리대로 자기만을 위해서 달려간다면, 5분을 앞서가기 위해 50년을 앞서서 저세상으로 갈 것이며, 1분을 아끼려던 사람도 언젠가는 평생을 후회하며 살아갈지도 모른다. 법은 우리 사회와 국가의 약속이며 신호이다. 법을 집행하고 지켜 나가는 데 바로 법의 의미가 있다고 본다.

이방인

사람은 어디서 왔다가 어디로 가는 것일까? 어떤 존재로 태어나고 어떻게 살다가 죽어 가는 것일까?

인생은 만남과 헤어짐의 연속이요, 기쁨과 슬픔의 연속이다. 문명이 고도로 발달하고 지구가 1일 생활권이 된 마당에 사람들은 물질문명의 틀을 벗어나지 못하고 있다. 마치 우물 속의 개구리가 모든 세상을 다 아는 척하는 것처럼 우리는 우리 나름의 영역을 확보하고, 그 영역 외의 사람을 '이방인'이라고 칭하고 배척하게 된다. 사람은 누구나 자기만의 배타적인 사고방식으로 살아가기 마련이다.

호메로스의 일리아드를 보면, 신들의 연회에서 배척된 질투의 여신이 아프로디테, 헤라, 아르테미스를 서로 싸우게 하여 결국 트로이의 왕자 파리스에게 가장 아름답다고 선택을 받은 아프로디테가 대가로 그에게 유부녀인 헬레네를 선물로 주는 바람에 엄청난 전쟁을 겪는 것을 볼 수 있다. 오늘날의 현대인들 역시 이와 닮아 있지 않은가. 자신의 이익을 얻는 데에 혈안이 된 나머지 자신과 다른 사람이라면 무조건 배척하고, 등 돌리다 보니 결국 전쟁이 일어나는 것은 아닐까? 컴퓨터나 비디오, TV, 휴대폰에 의한 인간의 종속 그리고 사람들의 편협한 사고방식 모두 아프로디테가 트로이의 파리스 왕자에게 준 선물의 여인은 아닐까?

보다 열린 마음으로 타인의 존재를 받아들일 때에야 비로소 우리사회는 풍요와 안녕을 누릴 수 있을 것이다. 고향을 떠나 이곳에서 수행 생활을 하는 재소자들을 대할 땐 따뜻한 사랑으로 대하여야 할 것이다. 어쩌면 사람으로 태어난 자체가 이방인이라고 할 수 있다. 남은 나를 이해할 수 없기에 나를 남에게 이해시켜야 한다. 때로는 그리스의 지장 오디세우스가 고안한 목마처럼 새로운 방법으로 애쓰고 노력해야 할 것이다. 사회에서 아무리 지체 높고 잘나가는 사람도 교도소에 갇히게 되면, 그만의 영역으로 떨어져 있는 이방인이 될 것이다.

아주 어렸을 적 동네에서 커다란 구렁이를 잡아 높이가 얼마 안 되는 욕조에다 담가 둔 적 있다. 구렁이가 욕조의 높이를 끝내 넘지 못했다. 재소자들의 처지 역시 마찬가지다. 마치 물고기가 물을 떠나 살 수 없듯이 행행법이라는 법 아래 그들은 순응할 수밖에 없는 것이다. 그러니 재소자에 대한 편견과 질타 등으로 이방인을 대할 것이 아니다. 언젠간 재소자들 역시 우리 이웃의 품으로 되돌아온다고 생각하고 따뜻하게 대해야 할 것이다.

잘 차려입은 도둑 VS 행색이 초라한 부자

행색은 제법 그럴싸해 보이지만 알게 모르게 남을 속이거나 절도를 일삼는 자들이 있다. 그런 반면, 소박한 차림새를 추구하더라도 많은 돈을 모은 부자들도 있다.

지난 28일, 언론 발표에 따르면 병원을 돌며 고가의 의료 장비를 훔친 절도범이 체포됐다고 밝혔다. 전국의 대형 병원 13곳을 돌며 절도행각을 벌일 동안 아무도 그를 의심하지 않았다고 한다. 그가 이렇게 사람들의 의심을 피할 수 있었던 이유는 단지 '멀끔한 행색'이었다. 슈트와 검은 가방을 들고 다니는 그의 모습은 얼핏 보기엔 병원 의사처럼 보이기도 했다. 피해를 입은 병원 관계자는 넥타이까지 갖춰 메고 걷는 폼이 워낙 깔끔해 전혀 의심하지 못했다고 전했다.

복면을 쓰고 강도행각을 벌이는 일은 이제 옛말이 되어 버렸다. 오히려 지나치게 신사적으로 행동하는 사람들을 경계해야 하는 상황이 아이러니하기만 하다. 또한 사기행각을 벌이려는 자들은 상대방의 환심을 사기 위해 오히려 더 잘 차려입고 친절한 얼굴로

다가올 수 있다. 이러한 사회적 분위기 때문에 낯선 자를 만나면 일단 경계부터 하고 봐야 하는 오늘날의 현실이 씁쓸하기만 하다.

반면 외모를 치장하는 데 크게 신경 쓰지 않는 중국에서는 행색이 초라하다고 무시했다가 큰 코 다칠 수 있다. 정서 탓인지 중국의 부자들은 성공해도 수수한 차림새를 유지하는 경우가 많다. 오히려 돈이 많다는 것을 감추기 위해 더욱 초라한 행색으로 다니기도 한다고 한다. 실제로 백화점 매장에서 몇 천만 원이 호가하는 명품을 망설임 없이 구매하는 사람들의 옷차림은 편안한 트레이닝복인 경우가 많다. 또한 고가의 물건 경매장에서는 200~300만 위안에 달하는 보석을 구입한 한 남성이 평범한 티셔츠 차림이어서 눈길을 끌기도 했다.

이처럼 그들의 초라한 행색을 두고 손가락질 하는 사람은 있을지 몰라도, 그들의 인생에 대해 실패했다고 비난할 수 있는 이는 없을 것이다. 겉모습에 병적으로 집착하는 사회적 태도는 요란한 빈 수레처럼 느껴진다. 뭘 입었는지를 따지기보다는 사람의 가치를 알아볼 줄 아는 안목과 지혜가 필요하다.

양변기

사람은 하루에 세 번 밥을 먹고, 화장실에 한 번 또는 두 번 정도 화장실에 가게 된다. 우리나라 화장실 문화도 많은 발전을 거듭하였다. 재래식 화장실에서 수세식으로, 또 수세식에서 양변기로 깨끗하고 위생적으로 바뀌었다. 게다가 요즘에는 비데 등을 사용하여 한결 더 위생에 신경을 쓰게 되었다.

우리나라는 이전보다 사는 형편이 나아졌다. 아파트를 포함한 모든 건물을 시멘트로 짓기 때문에 이전보다 위생적으로 살고 있는 것은 사실이다. 그 옛날 암모니아 냄새가 코를 찌르고 나뭇가지 사이로 인분이 보이던 화장실은 이제 오지 마을이나 사찰에서만 구경할 수 있다.

일요일 아침, 모처럼만에 여행을 즐기기 위해 일찍부터 영동선 기차를 타고 강원도 강릉에 가서 바다를 둘러보기로 했다. 기차 차장 밖으로 태백산, 청옥산 산등성이를 올라가는 철로의 풍경, 스위치백식의 후진을 하는 기찻길, 동해의 바닷가 등대항이 보였다. 저녁 9시쯤 우리나라에서 제일 높은 곳에 위치한 철암역에 기차가 멈춰 서고, 사람들의 왁자지껄한 소리가 들려왔다. 사람들이 오르내리는 통에 시끌벅적했다.

군데군데 비어 있는 좌석들이 어느덧 꽉 차고 기차는 출발했다. 나와 마주앉은 자리에는 자매처럼 보이는 두 여인이 앉았다. 두 사람은 각각 40대와 20대 정도로 보였다. 먼저 동생이 물었다.

"언니, 나 대구 가면 어떻게 살아? 주공아파트 화장실이 양변기라며? 소변 보고 대변 볼 때 말이야. 여름에 대구 갔을 때 혼났어. 똥이 나와야지 말이야. 양변기에 파란 물이 고여 있어서 이걸 떠서 머리를 감나, 양치질을 하나 하고 망설였어."

그러자 언니가 말했다.

"변기 위에 올라가서 이렇게 하면 되잖아. 처음엔 나도 힘들었어. 나중엔 적응이 되더라."

참 우스운 이야기였다. 인간이라면 누구나 새로운 문화에 적응하는 일이 쉽지만은 않다. 어느 장소에 가더라도 그곳의 화장실만큼은 깨끗했으면 하는 바람이다.

아빠의 일기, 아들의 일기

화창한 일요일, 아버지와 아들이 함께 시외의 한 저수지에서 낚시를 하고 돌아왔다.

그날 밤 아버지가 일기를 썼다.

'오늘 어쩔 수 없이 아들놈이랑 같이 낚시를 하러 갔다. 집사람이 돌잔치에 나가지 않았다면 혼자 갔을 것이다. 그랬더라면 훨씬 좋았을 텐데……. 정말이지 큰 놈 열 마리는 더 잡고 손맛이 기가 막혔을 텐데, 낚시 할 때 아들놈이 자꾸 귀찮고 시끄럽게 질문을 해서 참느라고 혼났다. 아들놈은 뭘 그렇게 알고 싶은 게 많은지, 아들의 질문에 일일이 대답하고 설명해 주자니 짜증이 밀려왔다. 결국 질문에 대충대충 이야기하면서 넘기고 말았다. 정말이지, 오늘은 최악의 날이었다.'

그날 밤 아들도 일기를 썼다.

'오늘은 아빠와 함께 저수지에 낚시를 하러 갔다. 아빠는 낚시를 잘하신다. 오늘 아빠는 물고기를 다섯 마리나 잡았다. 아빠는 낚싯대도 잘 다루고, 줄도 잘 만지신다. 낚싯줄을 던지는 아빠의 모습은 참 멋있었다. 저수지에는 신기한 것들이 많았다. 물장구벌레, 개구리, 물방개, 저수지 등에 있는 들국화, 물풀 사이의 개구리 알을 보았다. 너무 놀랍고 재미있었다. 아빠는 이게 뭐냐고 묻는 것마다 자세히 설명해 주셨다. 나는 오늘 정말 기뻤다. 우리 아빠는 모르시는 것이 없었기 때문이다. 낚시터에도 같이 가 주시고 설명도 재미있게 해 주시는 사람은 우리 아빠밖에 없을 것이다. 오늘은 정말 최고로 즐거운 날이다. 나는 아빠가 무지무지하게 자랑스럽다. 내일 친구들한테 자랑해야지! 아빠, 사랑해요.'

우리 모두가 해결해야 할 문제, 범죄

범죄 없는 사회나 국가는 있을 수 없다. 범죄 문제를 웬만큼 해결하였노라고 자부하는 나라도 없다. 각자 처한 상황에서 그 나름대로 청소년비행이나 각종 범죄에 따른 문제들로 어려움을 겪고 있는 실정이다. 국가마다 차이는 있겠지만 급속한 사회 변화가 비행이나 범죄를 크게 악화시켰다고 보아도 무방하다고 본다. 그 이유는 바로 사회가 정치 및 경제의 문화를 제대로 형성할 틈도 없이 빠르게 변화하였기 때문이다. 마치 한여름 홍수로부터 망가진 다리를 고치느라 나무를 다 써 버려 겨울 땔감이 부족한 모습과 같다. 몸은 어른보다 더 성장했으나 정신은 아직 청소년 상태에 머물러 있는 것이다.

범죄의 책임에 대해선 우선 일차적으로 범죄에 가담한 개인에게 먼저 책임을 물어야 한다. 또한 이들이 살아가면서 사회의 영향을 받지 않을 수 없다는 사실 역시 고려해야 한다. 급격한 사회 변화에 속수무책이었던 우리 사회도 책임을 져야 한다. 급격한 산업화와 총체적인 사회 변화는 이들의 범죄를 증가시켰기 때문이다. 즉, 이들이 범죄를 가속하였기 때문이다.

그러므로 범죄 문제는 어느 한 분야가 들고 나와 해결할 수 있는 것이 아니다. 우리 사회를 구성하는 모든 사람들이 각자의 처지에서 관심을 가져야 풀 수 있는 과제이다. 이러한 생각을 바탕으로 비행과 범죄는 비행청소년이나 범죄인만이 끌어안고 가야 할 문제는 아니라고 본다. 교도관과 보호관찰관, 소년원선생님, 경찰, 검찰등과 같은 관계 당국의 공무원과 모든 국민들의 관심을 필요로 하는 일이다.

범죄 문제를 다루면서 전문가들이 전문적인 입장만을 고집하는 것은 옛것을 고수하는 것밖에 안 된다. 옛것을 고수하는 것은 범죄의 예방책을 고민하는 데에 한계점이 있다. 물론 범죄 문제를 다루는 데에 전문가의 전문적 개입도 중요하다. 하지만 거기에서 그쳐선 안 된다. 전문가의 개입을 넘어서서 모든 국민의 관심 또한 필요하다. 더 나아가 국민들도 범죄의 실상을 알고 제대로 이해해야 할 것이다. 삭풍이 몰아치는 겨울, 교도소의 수용자들은 냉방에서 추위에 떨며 잠을 자고 있을까? 아니다. 도시가스를 이용한 난방시설이 잘 갖추어진 온돌방에서 취침을 하고 있다. 수용자의 일상생활에 대하여 제대로 이해하고 아는 사람이 과연 얼마나 될까? 모든 국민이 이러한 문제에 참여해서 현재의 상황을 파악한다면 범죄 문제를 해결하는 데 도움이 될 것이다.

꼭 필요한 물건을 서로 가지려고 다투고, 불필요한 것은 아무 장소에나 버리려고 한다면 세상이 어떻게 되겠는가. 그렇게 되면 정말로 골치 아픈 쓰레기는 누가 치워야 하겠는가? 우리가 사는 세상의 쓰레기를 치우지 않는다면 그만큼 큰 재앙도 없을 것이다. 악취, 병균, 부패 등 이루 말할 수 없이 엉망이 되고 말 것이다. 결국은 환경미화원들이 치우게 된다. 이들 역시 더러움을 보면 마음이 편치 않을 것이다. 하루아침에 20층짜리 아파트를 다 세울 수 없듯이 범죄 문제를 하루아침에 모두 해결하는 것은 있을 수 없다고 본다.

하루아침에 범죄 문제를 해결하려는 것은 오히려 몇몇 불량한 이들의 과욕을 채워 주는 것에 불과하다. 왜냐하면 정책을 입안하는 자들의 자리 보존과 생색내기가 몇 사람의 이익에만 치중되기 때문이다. 특히 범죄 문제를 하찮게 생각하는 사람은 물러나야 한다.

가장 중요한 것은 시간을 두고 꾸준히 범죄 문제를 생각하고 해결하려는 자세이다. 정치와 환경이 변했다고 해서 기존의 해결책을 쉽게 뜯어고치는 자세는 경계해야 한다. 무엇이 문제인지 원인을 분석하고 함께 문제를 해결해 나가는 것이 중요하다고 본다.

범죄 문제를 해결하기 위해서는 국민 각자의 역할이 중요하다. 한 사람이나 한 조직이 모든 것을 다하려는 것은 불가능하다. 담배꽁초를 버리지 않고, 길가의 쓰레기를 줍고, 교통신호를 지키는 등 기초질서를 지키는 것은 매우 중요하다.

범죄를 바르게 이해하고, 그 이해를 바탕으로 범죄 문제를 해결하는 데 여러 분야의 주체들이 참여해야 한다. 결국 이들 모두가 국민이고, 아울러 이들 문제의 해결 근원 역시 국민이다. 범죄 문제를 해결하기 위해 국민 모두가 협력해야 할 때이다.

좌충우돌 교도소 이야기를 마치며

재소자들과 함께 25시간 생활하다 보면 어떤 때는 내가 무슨 죄를 짓고 들어온 재소자는 아닌가 하는 이상한 생각이 들 때도 있다. 3일에 한 번씩 야간근무를 하고 비번을 받는다. 그러다 보면 시간이 엄청나게 빨리 가는 것을 느낄 수 있다. 재소자들은 사소한 물건을 훔친 절도범에서부터 강도, 살인범에 이르기까지 각양각색 천태만상이다. 다양한 부류의 재소자들과 함께 제한된 시간, 제한된 공간 속에서 하루 종일 근무한다. 혹은 야간근무를 할 때도 있다. 근무를 마치고 아침 10시 30분이나 돼서 퇴근할 때, 비로소 25시간의 징역살이가 끝나는구나 하는 생각이 든다.

근무하는 교도관들 역시 절반이 징역살이를 하는 게 아닌가 싶다. 이상하게도 15척 담 밖을 벗어나 교육이나 파견 근무로 소를 잠시라도 떠나게 되면 담 안의 생활이 몹시도 궁금하고, 돌아와서 다시 근무하면 또다시 담 밖의 생활이 그리워진다. 이렇게 담 안과 담 밖으로 마음과 몸이 왔다 갔다 하고 있으니, 전생에 무슨 죄로 반 징역살이를 살러 왔나 하고 농담조로 이야기하곤 한다.

얼굴 생김새부터 시작해서 직업, 환경 등 모든 것이 다른 재소자들을 거실에 여러 명씩 수용하여 생활하게 하다 보면, 예기치 않았던 우스운 일과 사고가 발생한다. 이 모든 것이 교도관의 책임으로 돌아오기도 한다. 또 사건을 책임져야만 하는 현실이 마음을 아프게 하기도 한다.

사람이 같은 사람을 다룰 때에 이렇게 다루면 된다는 무슨 수학 공식 같은 정해진 답이 있는 것이 아니다. 재소자의 마음을 투시경으로 투시할 수도 없는 일이다. 죄를 짓고도 이곳 교도소에서 삐뚤어진 마음으로 생활하는 재소자들이 종종 보인다. 교도관들은 그들을 관리하는 데 어려움을 겪는다. 반대로 십수 년간 생활하는 재소자가 깊이 반성하고 한문성적 우수자 등으로 모범 수용자 합동접견이 실시되어 부모님들과 형제들과 정겨운 시간을 보내는 것을 보면, 마치 내가 합동접견을 한다는 생각이 든다. 이런 사람들은 환골탈태하고 개과천선하여 출소할 수 있으리라. 그렇게 되면 다시 교도소에 수감되어 나를 만나는 일은 없으리라 생각된다. 그러나 가끔 신입실에서 출소한 지 얼마 안 되어 다시 입소하는 재소자를 보기도 한다. 그런 사람을 보면 '아! 개과천선이 이렇게 어렵구나.' 하고 비애감에 젖기도 한다.

전생에 무슨 인연으로 교도관이 되어 재소자들과 만나기 싫은 대면을 하고 그들을 이끌고 나가야 하나. 이것을 두고 절반의 징역 인생이라고 할 수 있지 않을까?

맺는 말

교도관들은 근무 장소가 한정되어 공간을 벗어날 수 없다. 교도관은 엄연히 관리자이며 25시간이 지나면 퇴근하고 쉴 수 있는 공무원이다. 소방관은 소방관대로, 경찰관은 경찰관대로, 교도관은 교도관대로 회의감, 허탈감 등 직장인으로서 여러 가지 갈등이 있지만, 이를 극복해 가는 과정에서 성취감 또한 맛볼 수 있다. 바로 그런 이유가 내가 이 직업에 대한 애정을 갖고 있는 이유일 것이다.

범죄가 없는 사회나 국가는 있을 수 없다. 범죄 문제를 웬만큼 해결하였노라고 자부하는 나라도 없다. 범죄의 원인에 대해선 범죄에 가담한 개인에게 일차적인 책임이 있다. 그렇다고 해서 사회의 책임이 없는 것은 아니다. 개인은 사회의 부속물이라는 점에서 누구나 사회의 영향을 받기 마련이다. 때문에 급격한 사회 변화에 소수무책이었던 우리 사회의 책임도 있다고 생각한다. 재소자들 역시 한 나라의 국민이다. 아울러 이들 문제의 근원적인 해결점 역시 국민들이라고 할 수 있겠다. 범죄 문제를 해결하기 위해 국민 모두가 협력하길 바란다.

나는 오늘도 비좁은 사각형의 사회, 교도소 안에서 친절한 미소로 접견인들에게 인사한다. 출소하는 사람들의 뒷모습을 바라보며 다시는 이곳에서 그들을 마주치지 않길 바라는 마음이다.

사람은 누구에게나
지금보다 더 나은 삶을 위해 거쳐 가는
인생의 정거장이 있는 법입니다

| 권선복
도서출판 행복에너지 대표이사

살다 보면 이런저런 사람들을 만나기 마련입니다. 그중엔 분명 좋은 인연으로 이어진 경우도 있지만 그렇지 못한 경우도 있지요. 교도소에 수감 중인 재소자들은 세상과 불화하고 변방으로 내몰린 사람들입니다. 어찌 보면 세상과 좋은 연을 맺는 일에 실패한 사람들이라고도 볼 수 있겠지요. 하지만 아직 완전한 실패라고 하기엔 이릅니다. 이 책에 실린 재소자들의 이야기가 그것을 말해주고 있습니다.

저자 정상규 님은 오랜 세월 동안 교정직에 몸담고 계신 분입니다. 천태만상의 재소자들을 접하면서 겪은 이야기들을 책 한 권에 담았습니다. 그들의 이야기를 읽다 보면 재소자들 역시 마음 한구석에 따뜻한 정이 남아있음을 느낄 수 있습니다. 그것은 어쩌면 지금보다 조금 더 나은 사람이 되고자 하는 희망의 끈이라고 볼 수도 있지 않을까요. 아직 실패라고 하기엔 이른, 가느다랗지만 분명한 희망의 끈 말입니다.

출소할 날만을 기다리며 교도소에서 보내는 시간은 제2의 삶을 준비하기 위함이라고 볼 수 있겠지요. 그런 의미에서 보자면 교도소란 현재보다 더 나은 삶을 위해 거치는 정거장 같은 곳인지도 모릅니다. 그곳에서 맞닥뜨리는 크고 작은 일들은 우리네 인생살이와 크게 다르지 않습니다. 각양각색의 재소자들과 함께 울고 웃으며 부대끼는 동안 한 계절이 가고, 일 년이 가고, 어느덧 그렇게 출소 날짜는 다가옵니다.

참회의 시간을 보낸 재소자들이 먼 훗날 출소했을 때 사회에서 제 역할을 다하길 바라는 마음입니다. 그런 이들을 배웅하는 교도관의 마음이란 어떤 것일까요. 아마도 사람에 대한 희망을 놓고 싶지 않은 마음이겠지요. 이 책을 읽는 여러분들의 마음 한구석에도 그동안 잊고 살았던 사람에 대한 정이 피어오르길 기원합니다.

아버지의 유산

고지석 지음 | 값 20,000원

이 책은 누구보다도 치열하게 살았던 한 사람의 인생 회고록이자 오르막길에서는 발견하지 못했던 작은 꽃을 내리막길에서 발견하며 느끼는 소중한 경이로움에 관한 이야기라고 할 수 있다. 어릴 적의 사고로 남들보다 몸이 약했지만 결코 뒤지지 않는 도전정신으로 살아온 고지석 저자의 역동적인 인생 페이지 속 인간적인 깨달음이 담긴 문장들은 독자들의 가슴에도 한 송이 작은 꽃으로 남게 될 것이다.

성경 속의 리더십 사다리

신진우 지음 | 값 15,000원

국립현충원장을 역임한 리더십 전문가 신진우 교수의 이 책은 우리 삶의 자양분을 형성하고 영성을 성장시킬 수 있는 지혜를 담은 책, 성경을 해석하고 탐구하여 우리 귀에 들려준다.

독자들은 이 책을 읽으며 성경에서 말하는 인간의 미덕과 훌륭한 사람들의 발자취가 종교를 초월하여 사회적 약자를 돕고 나보다 남을 위하며 스스로의 인격을 도야할 수 있는 길을 담고 있다는 것을 이해하게 될 것이다.

Mum, Big Hug please
(엄마, 꼬옥 안아주세요)

임서연(Grace) 지음 | 값 17,000원

일하는 엄마인 임서연이 살아가면서 생겨난 생각과 느낌을 담아낸 솔직한 에세이. 저자는 어린 시절부터 가지고 있었던 장애와 콤플렉스, 고된 시집살이와 왕따 경험 등 결코 가볍지만은 않은 이야기를 솔직담백하면서도 유머러스하게 풀어낸다. 평범하지만 평범하지 않은 저자의 일상이 흥미로운 이유는 우리들 모두가 그렇게 사소하지만 의미가 깃든 삶을 살아가고 있기 때문일 것이다.

귀농해서 무엇을 심을까

김완수 · 박동진 지음 | 값 15,000원

이 책 『귀농해서 무엇을 심을까?』는 이렇게 한 치 앞이 불확실한 상태로 귀농귀촌을 시작하는 도시민들을 위한 종합적 귀농귀촌 가이드라인이다. 여주시 농업기술센터 소장으로 퇴직 후 귀농귀촌 컨설팅 전문가로 활동하고 있는 김완수 저자는 귀농인들의 고민사항 중에서도 가장 큰 고민 중 하나인 '무엇을 심을까?'를 메인 테마로 삼아 새로 시작하는 농업인들이 고려해야 할 주요 농산물들의 품종과 재배 방법, 재배 시 주의해야 할 점, 귀농귀촌에 필요한 마음가짐 등을 이야기한다.

국회 국정감사 실전 전략서

제방훈 지음 | 값 22,000원

이 책 『국회 국정감사 실전 전략서』는 저자 제방훈 보좌관이 자신의 경험과 지식을 기반으로 엮어 낸 국회의원과 보좌관들의 국정감사 전략, 공무원들의 피감기관으로서 갖춰야 할 자세, 그리고 더 나은 국정감사를 위해 국회와 정부, 기업에 던지는 미래 제언을 담고 있다. 특히 정치에 관심을 가진 일반 국민들에게는 의회민주주의의 꽃이라고 할 수 있는 국정감사의 본질과 생생한 면모를 보여줄 수 있는 책이 될 것이다.

불길순례

박영익 지음 | 값 25,000원

이 책 『불길순례』는 외적의 침입을 가장 먼저 알리며 우리 국토와 민족을 지키기 위한 최전선에 있었던 전국 210여 개 봉화 유적을 직접 발로 뛰며 탐방한 여행기인 동시에 탐문과 자료 수집을 통해 한반도의 봉화 역사를 밝혀 낸 연구서라고 할 수 있다. 고단했던 노정의 땀 냄새, 피땀 어린 연구열이 고스란히 배어 있는 이 책은 우리에게 전국 봉화에 깃든 선조의 얼과 함께 전해 내려오는 기상과 추억을 되짚도록 도와줄 것이다.

일어나다

박성배 지음 | 값 15,000원

책 『일어나다』는 '고난은 신이 주신 선물'이라는 명제 아래, 이 힘겨운 삶을 이겨내고 행복을 품에 안기 위해 반드시 갖춰야 할 태도와 노하우를 담은 책이다. 저자의 풍부한 경험과 학문적 연구를 바탕으로 '책, 사람, 꿈, 믿음'이라는 네 가지 주제를 든든한 삶의 버팀목으로 제시한다.

세상에 그저 피는 꽃은 없다 사랑처럼

윤보영 지음 | 값 13,500원

2009년 대전일보 신춘문예로 등단하여 지금까지 19개의 시집을 낸 '커피 시인' 윤보영 시인의 이번 시집은 어떠한 기교 없이 담백하면서도 일상적인 언어로 우리의 가슴에 잔잔한 물결을 남기는 것이 특징이다.
우리가 평소 짧게 던지는 말들처럼 평범한 언어 속에 담긴 깊은 그리움과 감동은 우리가 일상에서 느끼는 모든 감정이 시의 재료이자 시 그 자체라는 것을 알려주는 동시에 이 책을 읽는 많은 이들에게 마음을 정화하는 행복에너지를 전달하게 될 것이다.

'행복에너지'의 해피 대한민국 프로젝트!
〈모교 책 보내기 운동〉

대한민국의 뿌리, 대한민국의 미래 **청소년·청년**들에게 **책**을 보내주세요.

많은 학교의 도서관이 가난해지고 있습니다. 그만큼 많은 학생들의 마음 또한 가난해지고 있습니다. 학교 도서관에는 색이 바래고 찢어진 책들이 나뒹굽니다. 더럽고 먼지만 앉은 책을 과연 누가 읽고 싶어 할까요?
게임과 스마트폰에 중독된 초·중고생들. 입시의 문턱 앞에서 문제집에만 매달리는 고등학생들. 험난한 취업 준비에 책 읽을 시간조차 없는 대학생들. 아무런 꿈도 없이 정해진 길을 따라서만 가는 젊은이들이 과연 대한민국을 이끌 수 있을까요?

한 권의 책은 한 사람의 인생을 바꾸는 힘을 가지고 있습니다. 한 사람의 인생이 바뀌면 한 나라의 국운이 바뀝니다. **저희 행복에너지에서는 베스트셀러와 각종 기관에서 우수도서로 선정된 도서를 중심으로 〈모교 책 보내기 운동〉을 펼치고 있습니다.** 대한민국의 미래, 젊은이들에게 좋은 책을 보내주십시오. 독자 여러분의 자랑스러운 모교에 보내진 한 권의 책은 더 크게 성장할 대한민국의 발판이 될 것입니다.

도서출판 행복에너지를 성원해주시는 독자 여러분의 많은 관심과 참여 부탁드리겠습니다.

도서출판 행복에너지
☎ 010-3267-6277